木犀！／日本紀行

セース・ノーテボーム
松永美穂［訳］

論創社

MOKUSEI! EEN LIEFDESVERBAAL

from IM FRÜHLING DER TAU
a) ZUIHITSU
b) KALTER BERG
c) DAS ATELIER DES NORDENS, HOKUSAI IN PARIS
d) DER SCHEMEN NYOGOS

by CEES NOOTEBOOM

木犀！／日本紀行

木犀！——ある恋の話

ショルド・バッカーのために

難得灰心（心を灰にすることは難しい）　菅原道真、九世紀　（「菅家後集」より）

1

その写真家は、賑やかな銀座の通りを歩いていた。まだ三十代初めの若い男で、オランダ的な風貌をしている。彼は自分が撮りたかった写真のことを考えていた。夜遅い時間のせいで、北半球特有の初秋の冷たさが感じられた。海から来たのであろう湿った冷気で、空気はどことなく田舎のような感じになっていた。騒がしい周囲の雰囲気にもかかわらず、自分の撮りたかった女性の幻影を保《も》ち続けることができたのは、そのためかもしれない。彼はアーノルト・ペシャーズという名前で、日本に来るのは五度目だった。今回が最後になる、とわかっていた。本気で辺りを見回してみるならば、憎悪がこみ上げてくるだろうということも。最初に日本に来たときには考えられなかったような憎悪。日本が、俺から日本を奪った、と彼は考えた。三島のような人物が現れて、激しくも大胆な自殺でその虚構を打ち破るまで、音も立てずに、日本人自身が気にもとめず二つの日本のなかを動き回っていた。二つの日本は彼を真っ二つに、しかも愛と憎しみという月並みな感情に分けてしまった。この国、この二つの国は、けっして自分のものにはならないだろう。それ自体は別に悪いことではない。しかし、かなえられなかった恋が、破壊的な力で彼に跳ね返ってきて、愛までも憎しみに変えてしまったのだ。彼が初めてこの話を、もう四年間もベルギー大使館の文化部で働いている友人のデ・フーデにしたとき、デ・フーデは彼を笑いのめした。あのころ、最初に日本についての疑いを持ったときから、すでにそうだった、と。

「二つの日本なんてありゃしないさ。少なくとも日本人にとってはね。それについて考えることがあるとしても、彼らにとって日本は分けられるものじゃない。きみは、他のみんなと同じように、間違った考えを持って日本に来たんだ。そういう人は散々見てきたよ。谷崎の本を読んだり、あるいは『将軍』でもいいけどさ、広重の展覧会を見るとか、禅について何かを聞いたことがあるだけで、もう知ってるような気になるんだ。それはほんとうに大きな誤解だよ。言葉のほんとうの意味で、理解の失敗だよ。ここに来る連中にはいつもすぐにそれをわからせようとするんだが、それには一緒に食事に行くだけでいいんだ。大法螺を吹くわけじゃないけど、連中はみんな、ここに来る前から、日本食について知っていたことを見せようとする。刺身、吸い物、水炊き――まるでそれ以外のものは食べたことがないみたいに、そんな単語が口からすらすらと出てくるんだ。奴らはアムステルダムの「オークラ」や「京」で練習してきているから、何を出されてもびっくりしない。うまく手配さえしてやれば、彼らはたいてい、最初のうちは日本でとても幸せなんだ。彼らは美学を求める。だからホンダの車からは目を逸らそうとする。彼らは、どこでもそうだが日本でも人生の四分の三を形作っている庶民的なものには目を閉ざそうとする。そんなことの手助けをしてやらなくちゃいけないんだ。つまり、あまり長く東京に滞在させないで、すぐに日光に出かけさせる。あるいは当然、新幹線を使って、京都に行かせる。わかりきったことさ。奴らはどんなことがあっても本物の旅館に泊まりたがる。家族みんなで木の浴槽に入り、午後は歌舞伎座で過ごして、中味がわかっているような振りをする。チャンスがあれば禅寺に行こうとする。そうやって、精神的な日本についての自分のイメージを確認した気になるんだ。彼らが求めているのは、オランダで誰もがランズロットを暗唱できるとか、フランドルがメムリングとブリュッゲのオールドタウンとルースブローク研究からだけ成り立っているというようなことなんだ。そんな国は過去の時間のなかにだけ存在するのであって、現在の空間にはもうないんだけどね」

アーノルト・ペシャーズは、いつこの会話をしたのか、正確に覚えていた。もっとはっきり言えば、彼はもはやこの年ではなく、この日のことしか覚えていなかった。天皇誕生日はどうやらまだ神話的なものだったが、その会話が行われた年号は、ほとんど意味を持たなかった。あのときの光景がまた眼に浮かんだ。彼らは皇居にある、非人間的なほど丈の高い扉の前に並んだ日本人たちの列に混じっていた。天皇の神々しい影は、すでにその日二度、皇居の窓辺に現れたという話だった。彼がもう一度姿を見せるかどうかは保証の限りではなかった。剣を下げた警察官たちが休みなく列を整理していた。あたかも敵が地平線に迫っているかのように、剣の束に手をかけて窺いながら、彼らは架空のロープを群衆に沿って引いていった。そのロープから肘がはみ出そうものなら、切り落とされていただろう。アーノルト・ペシャーズは以前見た一枚の写真のことを考えた。その写真では日本の兵隊が、切り株に座っているオーストラリア人捕虜の首をはねようとしているところだった。彼は目隠しされた男の、見る人の心を動かす白い膝と、熱帯の太陽に照らされて輝く、高く振りかざされた剣を思い出した。それは一秒と経たないうちに振り下ろされ、その後で首が空中に飛んで、滑稽なほど短いズボンをはいた体は脇に倒れるだろう。彼はくりかえし、自分だったらこの写真を撮ることができたのだろうかと自問し、ノーと答えてきた。ぞっとした。

「それはいまの時代には存在しないのかい?」彼は尋ねた。

デ・フーデは肩をすくめた。

「もちろんあるさ。だけどきみがここで見るものは、純粋で神聖な伝統だときみが思っているだけのものにすぎない。彼らもそういう形で売り出すのが一番好きなのさ。この扉は一年に一回しか開かない。一年に一回だけ、民衆は天皇が歩いている皇居の庭の道を歩くことが許される。そして天皇は、この国では、きみも知ってのとおり、霧にかすんだ前史時代から存在するんだ。天皇の曙! やつらはキリスト以前の世紀にまで遡る。現在の天皇は第百三十代だったんじゃないかな。しかも直系だぜ、ははは。そうやってきみは太古の時代と結ばれるんだ。そして、このことは多くの人々に昂揚した気分を与えるらしい。ぼくの目に映るのは、わずかな即興も許さない、何人かの恐ろしい兵士たちなんだけどね。この民族は、病的に従順なんだ。列からはみ出さないように、注意しろよ」

デ・フーデはわざと一歩脇に踏み出した。それによって想像上のロープがまっすぐではなくなってしまった。直ちに警察官の一人が急ぎ駆け寄ってきて、彼を列のなかに押し戻した。

「非難に満ちたたくさんの細い目が、ぼくの背中に穴をうがっているね」とデ・フーデは嬉しそうに言った。「だけどぼくはフラマン人の大男だからね。我慢できるのさ」

その瞬間、畏《かしこ》くもありがたい皇居の門が開いた。

「それで、どうするんだ？」とアーノルトは尋ねた。

「気をつけて、大切な名刺がすぐ出せるようにしておくんだな」

彼らはおずおずと一群をなして皇居の道を進んでいった。いや、むしろ、荘重な宮殿が見える場所にあるいくつかの木の机にたどり着くまで、羊の群れのように一つの方向へ導かれていった。その机の上に、見たところ例外なくすべての男性が、名刺を置いていた。

「あの名刺を、神のご子息が今晩すべてご覧になるんだろうな」と、デ・フーデが満足そうに言った。日本人たちはためらうように彼らの周りで立ち止まり、まだしばらく曇りガラスの窓を見つめていたが、そこには人も、神も、誰一人いなかった。次のグループに場所を空けるために、柔らかく押されながら彼らは退場させられた。

アーノルト・ペシャーズはほとんど機械的にシャッターを押して、皇居の庭の、崇高にメランコリックで華麗な花々を何枚かカメラに納めたが、彼の思いはまだ、古い友人がさっき言ったことの方にあった。

「それでも、きみの言うことが完全には理解できないな」とアーノルトは、自分のライカが低いため息とシャッター音とともに、紫や黄金の見事な花々を写し込んだあとで言った。

「何が?」とデ・フーデが尋ねた。

「空間と時間のことさ」

「簡単なことだよ。一つの表現様式というわけさ。ここに来るたいていのヨーロッパ人やアメリカ人——ビジネス関係の人々ではないけれど、というのもビジネスで来るやつらはとても早く夢から覚めるからね——言うならば芸術愛好家のやつらは、基本的に、日本について何も知らないんだ。ここが自分たちの国とは違う、ということはわかってるけれど、ベトナムや象牙海岸だって違っているからな。こう言ってよければ、日本は、他とは異なった違い方なんだ。でもどうやって説明すればいいんだ？　外国人は日本語を話さないし、たいていの場合、一生話せるようにはならない。彼らは日本文化について多少は知ってるかもしれないが、まったく知らないのも同然だし、でもほとんどそれを気にしない。彼らはもっといいもの、つまり日本についてのイメージを持ってるからだ。そしてそのイメージはいつも何かの形の禁欲や清純や、まあ何と呼んでもいいけど、そういったものと関係がある。短く言えば、日本人は自分たちの遺産を純粋に保ち続けている、日本文化は一種の純粋文化だ、と彼らが納得してしまうことから事が発してるんだ。

純粋、というのがそもそものキーワードだな。書道の純粋な美しさ。生け花や和食や日常生活の、純粋な美学。醜さや愚かさ、我々の最悪の習慣を日本人が受け継いでしまいった無条件の従順さ、ブランドへの依存、滑稽なほどに模倣されたデカダンス、こういったものを外国の芸術愛好家は見ようとしない。一番ひどいのは文学的特性だね。外国人たちは、サムライも詩を書いたんだと話して飽きない。しかもそれは、そうした詩が訳されている現在の言語が、まだ発明されてもいない時代に書かれた、というわけだ。詩人が軍隊や商売について話し始めたら、注意が必要だ、ということになっている。『武士階級は今日の日本が達成した奇跡的経済発展の揺籃期にいる』という文章をつい最近も読んだよ。書いたのはきみの同国人だったな。やれやれ、彼らは二十ページくらいの小冊子を読んだだけで、もう半ば仏教徒になって日本にやってくるんだ。西洋風にしつらえられたホテルの部屋で俳句をひねりながら、テレビを消すのは忘れている。複数の言語で書かれたガイドブックを持って、ゲットーのように密集した京都の寺院を訪ねるが、それぞれの時代の建築様式の、かすかな差を見分けることはできずにいる。失望は後からやってくる。でもそうなると、態度が激しく逆転するんだ。彼らはとめどなく嘆くようになり、本物の俳句にあるような豊かさを見つけだせずに悲しむことになる。『日本人はつき合いにくい。他人を近づけない。外国語はできないし、いつもただ礼儀正しくほほえんでいるだけだ。個人としての人格がない。大売り出しばかりしている。彼らは自分たちの国にふさわしくない』などなど、というわけさ」

「きみ自身は日本をどう思っている？」

「ぼくは、こうした人々が口にする日本、彼らがまず最初に話題にする日本が、かつてはあったと思っているよ。歴史上の時間においてだけど。我々が日本に、西洋化の道を歩むよう強制する以前にね。大変なことだよ。エビみたいにアジアの巨大な腹にくっついている一つの島国が、全力を挙げて、病的なまでの進歩の流れに歩調を合わせようとするんだから。ペリー総督。彼がした小さなお節介の、よくない結果さ」

「つまり、一度はそんなものがあったというわけだね？」

「そんなもの……そうだな。ひょっとしたらね。歴史においては。いつか、あるときに」

「そして、それはもう残っていないのかい？」

「充分残っているさ。でも探さないと見つからないね。簡単には手に入らない。でも、簡単に手に入るようなものだったことは一度もないな。ひょっとしたら、かつてのラフカディオ・ハーンにとっては簡単だったかもしれない。あるいはシーボルトにとっては。でも、ぼくたちにとってはもうダメなんだ。ぼくたちは怠け者だし、日本人も変わってしまったからね。それでも……」

「きみ自身は日本についてどう思っているんだい?」

デ・フーデは立ち止まった。普段はかなり無表情の顔に、初めて疑惑の影が差した。

「ぼくには日本は全くわからないな」と彼は言った。

「いろいろなことを知ってるけど、ますます理解できなくなってる。先週、ドイツ人の同僚が拘束衣を着せられてルフトハンザで強制送還されたんだ。日本病、といわれているよ。日本語もできたし、文楽について博士論文を書いて、日本女性と結婚していた、とか。それなのに、奇声をあげて壁にぶつかっていったらしいよ」

「東は東、西は西、というわけか?」

「いや、違う」とデ・フーデはじれったそうに言った。

「いやはや、ぼくはバンコクにもウランバートルにも駐在してたことがあるんだ。何の問題もなかった。問題がたくさんあるにはあったが、何でもなかった。ただ、このばかばかしい混合様式だけが……最初、ロンドンで大規模な徳川の展覧会があった。それはもう、神聖で汚れなき日本の巨大なショーケースみたいなもんだった。純粋文化だ。徳川家の人々も他と同じだったはずの、信じられないほど残虐な暴君の姿を、その展覧会で見ることはできない。残ってるのは芸術だけ、メディチ家の場合と同じだ。芸術はすべてに役立つ、トヨタの自動車を売ることにもね」

二人は奇妙な刈り込みを入れた繁みのところで立ち止まった。頭のない動物のように見える、とアーノルト・ペシャーズは思った。写真は撮らなかった。これらの低木は短く刈り込まれた芝生の上で、根を張ることができずに横たわっているように見えた。彼はその背後にある楓の、悲しそうな濃い紫色に目をやり、言葉にならないことを体験したかのように、黙ったまま出口へ歩いていく人々を眺めた。突然アーノルトは、友人と自分がどれほど体が大きく、粗く造られているかに気づいた。ファン・デル・ウェイデン（十五世紀ベルギーの画家）とヤン・ステーン（十七世紀オランダの画家）だな、とあるときデ・フーデが自嘲気味に言ったものだ。まさにその通りだった。秘密めいた方法で、彼らの大切な祖先たちは、生殖行為と妊娠との無限の連鎖の果てに、消しようのない身体的特徴を、この庭園にまでもたらすことに成功していた。そして一瞬、彼ら二人は、子孫以外の何者でもない存在としてそこに立っていた。日本人とは別の人種の、がっしりとした青白い姿をとって。日本人は俺たちを見ることすらしない、とアーノルトは思った。俺たちを見たくないんだ。これほど頑丈な体をしつつ、同時に目に見えない存在であると感じるのは、どこか奇妙で、まるで自分の体重に逆らって浮くことができるような気分だった。彼は少しめまいがした。そして、これ以上そのことについて考えるのはやめようと決心した。

「それなのにぼくは日本人が好きなんだ」とデ・フーデが、彼の方でも結論を導こうとするかのように言った。「日本人の一番奇妙なところはどこだかわかるかい？　彼らの英雄は破綻者だということさ。人々が好んで群衆に紛れ込み、目立とうとしない国では、流れに逆らって泳いで絶望的な破滅を遂げた何人かの気狂いが英雄なんだ。彼らがただ破滅し、その最期が悲惨で希望のないものであり、その呪いがあらかじめ予見できるようなときに、英雄となる。ぼくはそれについての本を読んだよ。『高貴なる破滅』というんだ。これはきみも読むべきだよ」

2

『高貴なる破滅』、このタイトルはスローガンのような力強さでアーノルト・ペシャーズの頭のなかに入り込んできた。その言葉は小声でつぶやくことのできる決まり文句であり、奇妙な力を獲得していった。この日の午後、彼はもう誰とも話をしないつもりだったが、何年も前のあの微妙な会話の雰囲気は、いま、あらたな勢いを得て脳裏に蘇ってきた。彼はおしゃれなエスプレッソ・バーに入り、紫のネオンライトに照らされた席に座ったが、その光が当たると日本人の肌の色は致命的な灰色に見えてしまう可能性があった。こちらを困惑させるような周りの人々の着こなしの隙のなさは、彼をおじけづかせ、自分がエインドホーフェン（ビジネスマンが特別多いオランダの港町）にいるような気にさせた。しかし、いま出てきたばかりのアパートには戻りたくなかった。アパートにおいてきた女性を、しばらく眠らせてやらなければいけない。そのあとで、また戻るつもりだった。目を閉じ、自分が撮らなかった写真を思い浮かべた。この写真は「愛のあと」とでも名付けるべきだろうな、と彼は暗い気分で考えた。彼らはセックスした――何度も何度もセックスしたあの部屋での、最後の一回だ――死んだように静かな立方体の部屋のなかにいる二人の他人、人間という、奇妙な種類の動物。いずれにせよその二人は、どこか深いところでずっと同じ音を弾いているコントラバスのような、遠い響きを聞かせる大都会の絶え間ない交通とは、何の関わりも持つことができなかった。愛は、彼らのあいだではたいてい音のない営みだったが、けっして――彼にはそれ以外の表現が思い浮かばないのだが――危なげのないものではなかった。この世界の他の誰とのあいだにも、そんな感覚を持ったことはなかった。脅かされているような気分、激情や戦いによる挑戦、それが、理解が及ばない愛の確認や、噛みつくという行為に形を借りた愛撫と一体になっている。しかし、まさにそれだからこそ愛なのだ、ということが彼にはわかっていた。彼は愛情を、如雨露《じょうろ》のように彼女の上から注ぎたかった。自分の上や横や下に横たわる、東洋の異質な閉じた肉体を、消えることのない光のようにその愛で覆いたかった。しかしながらその愛には、常に残酷な強度を備えた影の部分があり、それが彼を不安にさせたのだが、その不安がまた、どういう具合かはわからないが、まさにその愛を形作り、彼の感覚や情愛にいつも新たに火を点け、先へ先へと進ませるのだった。そうした愛のあとではたいてい眠ることができず、内心の不穏さが彼を外へと駆り立てた。屈辱的なことに、自分が別の人種に属しており、安っぽくて表面的で月並みな部族の一員で、喫煙やジョークや雑談やとり澄ました態度によってしか、自分の奥深くにある感情を振り払うことができないのだと感じた。

その夕べもそうだった。自分の一生のあいだに（ユトレヒト在住、三十四歳の写真家の、長い人生のあいだに！）経験した恋愛を振り返ってみると、それがけっして、互いを消費する行動以上のものではなかったことがわかった。享楽だけを求める二つの肉体にすぎなかったのだ。ときには優しさが入り混じっていたり、不当にも愛と呼ばれる他の要素が加わっていたこともあったが、それはけっして、彼が日本で体験したような、沈黙のなかの、ほとんど頑固なまでの戦いになることはなかった。その戦いにおいては、できるかぎり相手の人間になることが重要なように思えた。ナンセンスだろうか？　どう言えばいいのかわからなかったが、それが彼のしばしば考えたことだった。彼が、彼女になりたかったということ。けっしてどちらかが口にすることはなかったが、彼女の方でもまさに同じことが起こっているという感覚が、彼にはあった。愚かしく聞こえるかもしれないが、彼女も彼の肉体を我がものにしようとしていた。彼を所有するためではなく、彼になるために。

こんなことは、誰にも説明できそうになかった。たとえ一番の親友であろうと、他人にどうやって語ればいいのだろう。一人の女性の手が彼の体をつかむとき、彼女が短時間の所有などは超越した欲望に駆り立てられていると感じること。この手が、彼の足や肩、肘や膝、腰骨、頭など、肉よりも骨が多い場所をつかむこと。まるで、そこに本来の存在の核が潜んでいることを知っているかのように。彼の魂が、骨よりもずっと早く朽ちる柔らかい部分にではなく、むしろ肉体のなかの硬い、機械的な部分にあることを知っているかのように。そのような考えを自分一人の胸にしまっておくことを、彼は学んだのだった。

3

彼は二杯目のエスプレッソを注文した。注文をとりにきた若い女性の顔を見つめたとき、あることがはっきりとわかった。それは、彼をもっぱら惹きつけた日本的な表情ではなかった。肝心なのは日本的なものにおける日本らしさなのだ。いまの彼には、それ以上うまく言うことはできなかった。彼にとっては、こうした閉じた表情すべてのなかに、常に何か現実とはかけ離れたものが残り続けるだろう。しかし、自分が愛した女性の表情は、そのなかにすでに二重の仮面を擁していた。至るところで目にするような、まぶたを整形手術して西洋的に整えた人形のような人工的な顔ではなく、彼女のなかに古い民族が存在しているかのような、仮面の下のもう一枚の仮面。モンゴル人、アイヌ人、キルギス人。秘密めいた知られざる遊牧民族。彼女のなかに定住した草原の民族。人は彼女と接触することでその民族に触れ、失われた時代に触れる。もはや存在しないもの、もうけっして存在しないであろうものに。

そんなふうに彼女は彼を見つめたのだった。そしていままた、ちょっと散歩してくると彼が言ったときにも。彼女のまなざしのなかであまりに長く自分を見失ってしまってはいけない。そうなったら彼はそこにとどまり、何時間も眠れないまま彼女のそばで横になってしまうだろうから。彼は大急ぎで襖を開け、外に出てきた。だが、玄関に行く前に、もう一度振り向いてみた。彼女は半分だけ服を脱いだ状態で、エロティックな白い彫刻のように戸口に立っていた。和室の簡素な装飾のなかの、ほとんど動きのない一枚の絵だ。彼のまなざしは二重のまなざしで、愛人のものでもあり写真家のものでもあった。愛人である彼は、自分がけっして振り返ってはいけなかったことを知っていた。振り返れば、彼女を失ってしまうから。写真家である彼は、だからこそよけいに欲望に満ちて、その絵全体をフレームに納めた。襖の和紙、細い木枠のあいだのそれぞれの側面には、明るい灰色の色調を保って山の風景が描かれている。繊細な水墨画だ。自然を再現するというよりは暗示している。襖が開かれているので、風景はもはや調和していない。このように仮想された風景の世界も、真ん中に何もない空間ができている一方、他方では二重になっているように見えた。その空白の背後で、運命の女神のように、彼女が部屋の中心にたたずんでいた。

4

彼女を初めて見たとき、それはもう五年前になるのだが、彼は彼女の顔に「雪面（ゆきおもて）」という名前をつけた。彼女のことを考えると、いまだにその名前をつぶやいてしまう。日本に来たのは、どこかの上品な、しかしもちろん商業的な機関のために、旅行パンフレットのような月並みなものを作るためだった。もしそれがセメント工場や刑務所を取材するような仕事であったとしても、彼は日本に来ただろう。自分の世界がパンフレットの世界、誰も見ることがなく何の意味もない冊子の世界であり、腐敗と商売と泥沼であることを、甘んじて受け入れていた。正確にいえば甘受はしていなかったのだが、彼はある決心をしていた。自分が独立できるほど有能ではないこと、自分のテーマを追究できるほどの才能がないことをわかっていた。そして、才能のある人々すら、それだけでは生計が立てられないでいた。彼はデ・フーデとこのテーマについて話したとき、自分のお気に入りの写真を見せて相手をうろたえさせたことがあった。

「この写真はいつも持ち歩いているんだ」とアーノルトは困ったように言った。自分の妻子の写真を計器板の上に置いているタクシー運転手みたく、一番気に入ったものを持ち歩いているのは、子どもっぽいことだとでも言うように。彼はその写真を、カメラケースの内側に貼りつけていた。彼にとっては魔除けでありお守りだったが、それは誰にも関係のないことだった。それは、「ズーム」という雑誌から切り取ったあるページだった。デ・フーデは一瞬、笑おうとしているように見えた。小さすぎる浴衣に包まれた、丸々として白く柔らかい肉体が、自らのなかにきゅっと引っ込んだ。紋章入りの指輪をつけた手がその写真を彼から遠ざけて、アーノルト自身はいま、その写真を見ることができなかった。しかしアーノルトは、まるで百回も撮影したかのように、その写真を暗記していた。それは一八五八年に撮影されたもので、そもそも何も大したものは写っていなかった。アーノルトが初めてその写真を見たのは、モントリオールにあるマッコード博物館の、ノットマン写真アーカイブだった。最初はただ、その形に注意をひかれた。下の角は通常通りまっすぐだったが、上の二つの角はかすかに丸みを帯びていて、写真がトンネルの形、それもなかが暗いトンネルの形になっていた。「レッド・リバーの岸辺の草原、ハンフリー・ロイド・ハイム」と、そこには書いてあった。写真上に見えるのもまさにそれだった。鉛のように灰色の、古風な平原。そのなかで草原と川とが、区別のないもののように重なり合って見えた。地平線は一本のまっすぐな線であり、その上に明るい灰色で、かすかな色調の変化すら見せずに、同じくらい荒涼とした空が広がっていた。それでも、その写真をもっと長く見つめていると、死んだような平面に動きらしきものが出てくる。上の部分にあるほんのかすかな光が、その下の、より暗い部分に対して存在を主張していた。それによって、撮影の日にこの陰気な川の上で輝いた光の持つ何かが保存されていた。数本の線、いくつかの染み、一筋の輝き。人間の誕生以前に何が起こったかを語ろうとする星の光のように。星の光は、人間が現れなくとも、それについて語っただろう。そのような場合、何のために、あるいはもっと正確に言えば、誰のために、という問いが頭をもたげはするのだが。

ずっと目を逸らさずに眺め続けていると、ついに写真の前面に、岸辺を表すはずの、ぼんやりとした汚らしい線が見えてくる。平らで、疑いなく泥の多い地面の始まりだ。

写真家は滑稽な姿で、三脚と一緒にそこに立っていたに違いない。この空っぽの、人も木も動物も見当たらないみすぼらしい絵を甲板に焼きつけるために、光を集めながら。ガラスのネガ使用、銀板焼き付け。それはある種のやり方でアーノルトを感動させたが、彼はそれについてあえて語ろうとしなかった。もしそんなことをしたら、この写真の前では泣くのが一番いい、と告白せずにはいられなかっただろうから。

「もののあわれ」とデ・フーデが言った。

「何だって?」

「ものが持つパトスのことだよ。日本ではこういう概念があるんだ。これからもよく耳にするだろう。その言葉が表すものを正確に意味しているよ。ついでながら、言葉の響きもそうだね」

「もののあわれ」写真家はこの言葉をくりかえし、もう二度と忘れなかった。その言葉はこの写真にぴったりだった。

「いまみたいなバカバカしい仕事をしないですむとしたら、何が一番撮りたい?」

「石だな」

デ・フーデは笑い出したが、ひどいことに、笑い止むことができなかった。しまいにアーノルト・ペシャーズは、それが特別な形の同意を意味する笑いであることを理解した。でもこうしたことも、もうずっと前の話だ。

5

ずっと前の話でありながら、昨日のことのようでもある。こうした時間の表し方については、適切な時制はない。思い出は行ったり来たりして、過去完了と未完了過去のあいだを動いていく。ひとたび自由にしてしまうと年表よりもカオスを優先する記憶のシステムと、まったく同じである。改宗者の情熱を持って──彼のフラマン人の友人の方はほとんどそんなことに惑わされなかったが──アーノルトは日本にやってきたのだ。まるでここに来れば、デ・フーデが言ったように、まだ何かが見つかる、とでもいうように。それは、世界中ですでに死に絶えてしまったと思われるものであり、ひょっとしたら例外的にトゥアレグ人（サハラ砂漠に住む原住民）のところかアマゾン流域の秘境の暗黒地帯にはまだ残っているかもしれないが、彼が生まれ育ち、人生の残りもそこで過ごさなければならないと思われる社会のなかには、いずれにしてももはや存在しないものだった。こうした考えと、旅行パンフレットの凡庸さとの矛盾を、彼は頭から押しのけようとしていた。そのパンフレットでは、富士山を背景に撮影した和服の女性の写真を使うことが要求されたのだ。混雑した空港からホテルへ向かうまでの長時間の移動のあいだに目に映る、すさんだ大都会の、どうしようもなく人家が密集した風景も、頭に入れまいとした。ホテルは、世界中の他のホテルとまったく同じように見えた。

彼は失望を感じることを拒んだ。そして、精一杯の力で疑惑を押しのけながら、その疑惑を、二十時間以上もかかった、飛行機でのひどい旅のせいにした。絶対に楽しんでみせると決心した人間は、たいていそのようにするものである。彼はこの旅行のために、すでにあまりにも多くのものを投資していた。ホテルの部屋で、彼はテレビのスイッチを切ったままにした。そのかわりに、ベッドの上に置かれていた浴衣の美しいたたみ方に感嘆した。部屋に掛けられていた書道の名作のレプリカも――それは黒々として激しい勢いのある、理解はできないけれど美しく、緊張感のある文字で、白く開花した花のような紙の上に書かれていた――彼はじっと見つめた。まるでその作品に、周辺にある他のつまらないものを消し去ってしまう力があるかのように。彼はホテルのなかにある和食のレストランで食事をした。食事は法外な値段だったが、彼はウェイトレスたちの優雅な動きや、喉を鳴らすような高音の声を満喫した。若い女性たちが部屋のなかをちょこちょこと歩き回る小さくて均等な歩幅の動きにどこか機械的な要素もあるということを、彼は認識しようとしなかった。彼は日本に来ていた。その事実だけは、どうしても奪われたくなかったのだ。

6

翌日、彼は友人のデ・フーデに――彼とは以前、タイ北部にあるヴェトナム難民キャンプのルポで知り合ったのだったが――連絡するため、大使館に電話をかけた。外交補佐官のデ・フーデはわざわざ休みを取ってくれた。彼らは一緒にモデル事務所に出かけていき、日本人女性が写っている、山のような数の写真に目を通していった。アーノルト・ペシャーズは、生きた人間を売るためだけの目的で撮られたそのような写真の、主張のなさを無視して目を通すことには慣れていたが、今回は、求めているものを見つけることはできなかった。整形されて大きく開かれたまぶたには、どこか引きつったようなところがあった。まるで、彼女たちがどんな犠牲を払ってでも、以前とは別のものであろうとしているかのように（でもそれは、何だったのだろう?）。

「もっと日本的な人がいい」と彼はしまいに言い、その言葉がどんなに滑稽に響くかを、自分の耳で聞き取った。

「でも全員、日本人女性ですよ」

「ええ、それはわかっています、見ればわかります。でももっと……」

「若い人?　もっと若い人をお望みですか?」

「いいえ……あなたにはおわかりにならないんです。わたしはもっと……リアルな人を探しているんです」

「この事務所の人間にとっては、彼女たちはみんなリアルだよ」とデ・フーデが言った。「そんな説明じゃ、探しているタイプは見つけられないよ」

デ・フーデは日本語で長い文章をしゃべった。その文のなかで、アーノルトには「ですか」とか、それに似たように響く単語しか聞き取れなかった。この言い回しはくりかえし使われ、何かを問いかけているように聞こえたのだ。相手の日本人男性はそのような「ですか」という問いかけに対して、常に「あ、そう」というように聞こえる言葉で答えていたが、表情は一度も変わることがなかった。

「この人は相変わらず、何が問題なのかちっともわからないようだな」とアーノルトは言い、自分にできる一番愛想のいい笑顔を浮かべた。

「この国じゃあ、辛抱が肝心なんだよ、お若いの」デ・フーデはオリー・B・ボンメル（オランダで有名なマンガのキャラクターのクマ）の熱心なファンだった。

相談はとても長く続いた。極東の接客係の顔に、拒否のようなものが浮かんだ。

「美しくない人がいいんです」アーノルトはもう一度説明しようとした。

「おやおや」とデ・フーデがうめいた。「新鮮じゃない魚はありますか、と訊くようなもんだぞ」

沈黙が訪れた。相手の男は二人をじっと見つめた。それから、何かを考えるような口調で言った。「一時間したら、ご希望の女性をご紹介できるでしょう」

一時間後にその部屋に入っていったとき、アーノルト・ペシャーズにはただちに二つのことが明らかになった。一つは、彼女こそ彼が求めていた女性だということ。そして二つ目は、彼女の登場が彼のなかにものすごい緊張を巻き起こしたことだった。

彼女はサトコという名前で、今回の仕事のときだけそう呼んでほしいとのことだった。彼女の顔は、すぐにシロフクロウを思い起こさせた。かつて、夜、北方の山岳地帯を車で走っていたときに見かけたことがある。その鳥はもう遠くから、白くて人に不安を与えるような存在として目に見えていた。彼は自分の横にあるカメラを手で探りながら、人気のない州道にゆっくりと車を停めたのだ。白い顔面が、胴から半回転して、正確に彼の方に向けられ、二つの丸くて黄色い目で彼を照らしていた。拒否するように、秘密に満ちて。しかし、彼ができる限り慎重に車から降りようとすると、シロフクロウはばさばさと音を立て、物憂げに翼を羽ばたかせて逃げていってしまった。いや、上昇してしまった。そしていま、東京で、女性の姿を借りて、あのフクロウが彼の前に座っていた。彼女は自分の顔によく合った声をしていた。高くも低くもなく、ほとんどの女性たちとは違っていた。彼女の英語力は乏しく、ためらいがちに話される言葉のあいだの沈黙が、緊張をさらに高めた。

アーノルトは彼女に、富士山の麓で彼女の写真を撮りたい、できればいろいろと違った着物を着た姿で、と言った。そしてデ・フーデは彼女と、どこでどうやって撮影したらいいかを話し合った。「だって、あのとてつもない山が姿を現すと仮定したら、何百万という可能性があるから。あの山は、一年の半分は頭を雲のなかに突っ込んでいるんだけどね」

彼女が日本語を話すのを聞くのは驚きだった。彼女の声音は低くなり、ときおり、デ・フーデが何か彼女の知らないことや変わったことを言ったりすると、面を上げ、低い声で半ば問いかけるように、いずれにしてもメロディアスな調子で、「ま」とか「め」と聞こえる音を発した。音が二重に重なった声で、彼にとってはそれが一生で一番好きな音になった。デ・フーデは最後に、二人のための「ちゃんとした」旅館を、「鵜飼鳥山」というところに予約した。

「一部屋、それとも二部屋にするかい？」

「ここではどういう習慣なのかぼくにはわからないよ」

「たいていは、どうやって彼女を勝ち取るかではなくて、どうやって飛躍するかが問題なんだ」

その翌日は、輝くような秋晴れだった。彼女は時間ぴったりに彼のホテルに来た。

「きょうだったら富士山が見えますよ」

まだとても朝早い時間だったが、道路はすでに混雑していた。彼らは高架道路を走っていった。下方には、陰気な人間たちの営みの風景がどこまでも続いていたが、アーノルトは気に留めなかった。すぐに街の郊外に出て、本物の日本の風景を見ることができるだろう。北斎の富岳百景が、いくばくかは真実になるだろう。たくさんの俳句に詠まれた優雅な静寂も、芭蕉の『奥の細道』の比類のない神秘的な雰囲気も、いくらかは現実のものとして味わえるだろう。彼の考えを読み取ってしまうデ・フーデが来ていないのは、好都合だった。

「あそこに富士山が見えます」彼女が突然言った。

彼は目を向けたが、何も見えなかった。彼らの前を巨大なタンクローリーが走っていた。ガソリンの匂いが開いた窓から流れ込んできた。

「何も見えないな」彼は言った。突然針に刺されたように、ある思いが脳裏をかすめた。「この女性は俺に不安を吹き込む」彼女はハンドルから片手を離し、地平線のある場所を指し示した。そこには、空の残りの部分と同じく何もなかった。

「よく見えるはずですよ」

突然、彼はそれを見た。まだスモッグで霞んでいる虚空のなかに、ほとんど見分けがつかないような感じで、山の形が浮かび上がっていた。しかしそれはむしろ、空が巨大なエレメントで、山はそのなかに白抜きにされた空白であるかのようだった。山はとても繊細に見えた。ぼんやりとしていて、現実感がなかった。

「ここでは停車できません」彼女が申し訳なさそうに言った。

彼はそれには答えず、きょう一日がどんなふうに過ぎるのだろうかと自問した。車の後部座席には二枚の着物が置かれていた。明るい色のものと、暗い色のもので、それぞれ細心の注意を払ってたたまれていた。帯もその横に置いてあった。上に置いてある金色の帯に日光が当たると、輝いて火のように燃え上がった。彼女がこれらの着物を着たらどんなふうに見えるか、彼は想像しようとし、自分の隣の力強い、無口な横顔を見やった。光のことを考えながら、そこに着くまでにどれくらいかかりますか、と彼は質問した。

「いろいろな場所がありますから」

彼はすべてを神に委ねることにして、座席の背にもたれた。目にしたものは、彼を陽気な気分で満たした。浮き浮きした陽気さではなく、エクスタシーへと導くような陽気さだ。単に幸福感と呼ぶべき気分なのかもしれない。風景は醜いものだったが、文字や、看板の記号や、標識やトラックなどが、その美しさでもって、より大きな醜さを帳消しにしていた。それに、彼らはすぐに自然のなかに着くはずだった。そうなって初めて、日本にいるということになるのだ。道路のカーブのせいで、山が見えたかと思うと見えなくなり、しまいにはすっかり隠れてしまった。走っていく車に対して一人の男が、第二車線から離れるように合図をしていたが、近づいてみるとその男はロボットであることがわかった。ロボットから発せられる緊迫感、機械仕掛けの腕が動くときの、恐ろしいほどの一定のリズムは、アーノルトを驚愕させた。後に、ずっと後になってから、彼はこの人形のことを、自分や日本と関わりのある災いの、最初の先触れとして思い出すことになる。自分と日本とが出会うところに、自分の運命もあるのだ。ロボットは、まさにそんな運命を暗示するものだった。

この日、彼はかつて北斎が描いたよりもたくさんの富士の光景を目にすることになった。ときには、すべてが思い違いのようで、同じような山が何千もあるのではないかという気がした。それらの山は突然出現した。集落の向こうに、森の背後に、草地の彼方に。いつもあの半透明の、雪で覆われた頂上を見せながら。その頂上は、ときには秘密めいて空のなかに浮かんでいるようにも見え、それからまた、しっかりとした物質の上に載っているのが見えるのだった。その山は、彼の意のままにはならなかった。彼はときおり、車を停めるように彼女に指示した。そして、丘を駆け上がり、木々の隙間から山を見上げたり、草のなかに寝転がったり、湖の暗い水面の向こうに山を眺めたりした。その水面には富士が映っており、二重に謎めいた姿を見せていた。しかし、ファインダーを覗き、彼女がその風景の前に立つたびに、何かが違う、と思うのだった。パンフレットのためではなく自分のために彼が望んでいたもの、それは女性と富士山とが完全に調和をとりながら互いのものとなり、溶け合い、計算によって証明することはできないが、見るからに均衡を保って存在しているような場所だった。けっして、女性が山の前に立っているだけだったり、女性が前景にいるというだけの山の写真だったり、山が背後にある女性の写真だったりしてはいけなかった。写真家である彼自身が、目には見えないけれど情熱を傾けてそこに存在していなければいけなかった。しかし、どうやったらそんな写真をものにできるのか、彼にはわからなかった。山は、エロティックな事象としてそこにあった。そのことをわかりやすく証明する必要はなかった。高く、尖った頂上で稜線が合わさる山の形は、彼女の顔が持つ色っぽさに何かを付け加えてくれるだろう。まるで、山が乳房の象徴であり、写真では着物の下にしまい込まれている彼女の乳房を表しているかのように。彼女の見えない乳房に形を与える、太陽に向かい、地面に背を向けた一つの乳房。ひょっとしたら、富士山はすでに乳房であるのかもしれなかった。そうやって空に浮かび、手の届かない、近づきがたいところにあって、欲望を目覚めさせる。写真を見た人は、どうしてそうなのか、ただちに言えないまま、その欲望を彼女と結びつけることになるだろう。

7

長いあいだそうやって車を走らせたあとで、彼女は、ある場所を知っている、と言った。そこで以前、いまと同じ季節に、「スウェーデンの雑誌」に写真を撮られたことがあるというのだ。その場所の利点は、着替えるところがあるということ。そして、今夜泊まることになっている旅館からそれほど遠くないということだった。彼のコメントを待たずに、彼女はまもなく、道路がカーブするところにある一軒の茶店の前で車を停めた。

後になり、すべてが終わってから、彼は大いに考え込むことになる。大恋愛というようなものは、いつ始まるのだろう？　ひょっとしたら彼が初めて歌麿の美人画を見たときに、それはもう始まっていたのかもしれない。あるいは海の上を飛ぶ長い飛行のあいだに。あるいはひょっとして、代理店で彼女を初めて見たときに。しかし、どれも違うのかもしれない。凡庸さに毒された、口にできないようなこと、すなわち大恋愛は、大恋愛を経験したいという欲望とともに始まっていたのだろう。彼は物心ついてからずっと、この欲望を抱いていた。その過程は、彼がここに立ち、茶店で彼女の声に耳を澄ましているこの瞬間への準備にほかならなかったのだ。例の理解しがたい小さな波のような質疑応答が聞こえた。そうやって相手の同意が求められ、その結果、彼女がこの店の別室で、持参した着物に着替える許可が与えられたのだった。

彼女は姿を消した。彼は窓際に腰かけ、外に見える深い谷を見下ろしていた。その谷は下方の、さまざまに色合いを変化させる緑の向こうでゴルフ場に姿を変え、それからまた跳び上がるように暗く香り豊かな森となり、彼方まで続く丘を上っていたが、それは神を戴く乗り物のように、天にそびえるあの山を背負わんがためであった。彼女が戻ってきたとき、彼は自分がどれほど恋の虜となっているかに気づいた。それは、学校に行っていたころを思い出させる感覚だった。体中を荒れ狂い、快楽と苦しみのあらゆる可能性を秘めていた。着物はサビがかった炎の色だった。生き物が腐敗しているような色の平面に、黄菊さながらの金色の帯が締めてあった。彼女はテラスに出たが、そこには偽物の鳥居があって、世界中のアマチュア写真家を待ち受けていた。

「これ、とても日本的でしょ」

富士山の白い円錐形が、雪の女王の王冠のように彼女の頭の上に浮かんでいた。山の塊そのものは、彼女の両肩と、あまりにも日本的で惨めな鳥居の上に、流れ込んでいた。彼は、彼女の顔に当たる光の明るさを測るために、彼女に歩み寄った。その光を、太陽がバラ色の輝きで浸していた。

「イエス、とても日本的だ」と彼は言った。

これがつまり求めていた均衡というわけだ。山と、女性と、鳥居。

彼女は完璧なモデルだった。くりかえし、姿勢や表情をほんの少し変えることによって、前とは違う写真を撮らせる術を心得ていた。そのことをどう言葉にすればいいかが、彼にはわかっていた。彼女は光を貪る、のだ。それは、どこに光が、自分のための光があるかを正確に知っているからこそ可能なのだった。彼女は光を使って仕事をし、光を盗み、自分自身を絶えず違うポーズで彫刻のように作り出してみせた。そのために情欲がかき立てられ、心をかき乱されて、やっと撮影が終わったときにはめまいを感じたほどだった。彼は鳥居の柱にもたれたまま、冷たい草のなかに頽《くずお》れ、富士をじっと見つめていた。

「オーケー?」と彼女が尋ねた。

「イエス。ベリー・グッド」

「着替えてもいい?」

「イエス」

彼女は姿を消した。白い足の、小股の足音。ほとんどつまずかんばかりの歩き方だ。着物の絹は、大きな鳥がすぐそばを飛んでいくみたいな音を立てた。谷の方から夕焼けの空が上がってきて、ベールに包まれたまま道路の上を通り過ぎていった。

「これからどこへ行く?」

「鵜飼鳥山へ」

どうして覚えていなかったのだろう?　鵜飼鳥山。彼はその地名を発音しようと試み、小さく声に出してみた。知らない女性と車に乗って、これまで耳にしたことのない土地へと向かっている。それは、奇妙なことであり続けるだろう。鵜飼鳥山。車のヘッドライトのなかで、霧が踊っていた。

彼は目を閉じた。

「着きました」と彼女が小さな声で言った。

長く眠ってしまったのかどうか、彼にはわからなかったが、まだ飛行機に乗っていて、海の上を飛びながら、彼女のところに向かっているという夢を見たことは覚えていた。

8

彼らは車の向きを変え、木々に囲まれた入口に入っていった。入り口の脇には柱に固定された丈の長い松明が、まだ明るい夕空をバックに燃えていた。車を降りると、水車の音と、ぽろんぽろんと奏でられる単調な弦楽器の音が聞こえた。

「あれは何ですか？」

「何のこと？」

「この音ですよ。チン、トンと鳴っているのは?」

「ああ。三味線です」

三味線。羽のように軽やかな単語だ。

黒い服を着た二人の従業員が、カバンを持ってくれた。着物だけは、彼女が自分で運びたがった。天井の低い建物のなかに足を踏み入れることを、何かがためらわせた。その建物のなかでは、ぼんやりとした光が物の輪郭を曖昧にしていた。外はまだ完全に暗くはなっていなかった。彼はもう少し歩きたいと思った。

「ぼくはあとから入ります」

彼女は彼をじっと見つめたが、何も言わなかった。自分のしていることは日本的じゃないんだろうな、と彼は、そこから遠ざかりながら考えた。運よく、旅館の隣の建物に沿って延びている道を進んでいくことができた。台所には、青い前掛けをつけた料理人や若い娘たちが見えた。彼らからはこちらは見えない。道は蛇行しながら低い丘のあいだを通っていた。左手に、せせらぎの音が聞こえた。どこか海の上で見失ってしまった自分の魂が、ゆっくりとまた戻ってきたような気がしていた。道の曲がり角に、さまざまな仏陀の像を納めた祠《ほこら》のようなものがあった。それらの仏像は色あせた赤い前掛けをつけ、すべてのものから遠ざかり、そこに座していた。背後には落葉した果樹があり、その後ろには突然、針葉樹の生えた丸い丘が盛り上がっていた。自分はいま、たどり着いた、と彼は考えた。いま、ほんとうに、そこにいる。明るい音や暗い音が聞き分けられる水の流れと同じく、黒っぽい色の針葉樹のあいだの、明るい隙間を通して、もう一つの、もっと向こうにある丘が目に入った。彼は前に進んでいった。これらの仏像はもう表情を変えることができない。果樹の葉を染め、色あせさせ、落葉させる季節の流れは、これらの仏像の顔に何の影響も与えない。むしろ仏像そのものが四季なのだ。仏像の前には憤怒のような紫色の花が供えられており、地面にはいくつかの、オレンジ色の果物が置いてあったが、その名前はわからなかった。彼は腰をかがめて一つを拾い上げると、親指で固い皮を押しのけ、オレンジ色の甘い果肉を食べた。それからまた花の紫に向き直った。花弁は長く薄かったが、花そのものにはどこかくしゃくしゃと皺にしたようなところがあった。水銀のような滴が、花を取り巻く緑の葉にぶら下がっている。すべてに不思議な統一感があった。水の音。ゆっくりと世界の上に降りてきている闇。

そのせいで、霧も切迫感を帯び、暗澹としてきていた。すべてが一つにまとまっているように見えた。そして、そこにはまだコオロギの鳴く声も聞こえた。十月になっても、まだ。コオロギたちはまさにそのことを叫んでいた。十月、十月、と。

彼は水音のする方向へ歩いていった。黒い竹の幹のあいだにある、葉の落ちた繁みに、たった一枚の、やはりもう黒くなってしまった葉が、ひっかかっていた。茎にぶら下がっていたのではなく、破られて宙に浮かんでいる蜘蛛の巣の糸に絡まって。自然が、他者が、周囲にある物たちが、彼のなかに押し入り、支配しようとしているかのようだった。彼はぞっとして、旅館に戻った。一人の若い娘が彼を離れの建物に連れていき、何か声をかけた。

「はい！」

娘は彼に、靴を脱ぐように示し、襖を開けた。そこには彼女が、まるで写真を撮ってくださいと言わんばかりに立っていた。それが何を意味するか、写真家ならば一番よく理解できる。彼女は、その光景のなかに自分を置いたその姿で見られ、保存されたがっていたのだった。

アーノルト・ペシャーズは、何も考えずに写真を見ることはけっしてできなかった。知らない人の写真ほど魅力的なものはなかった。知らない人間が撮った、ずっと昔の写真が一番いい。関係者が確実にみな死んでいるようなものが。そしてときおり、彼は絶対の確信を持って、自分自身もいまそのような写真を撮った、と思うことがあった。どこかの通行人がいつかどこかで、スタンドだか店だかで目に留める、そんな一枚の写真。未知の男は、写真を見て何を発見するだろう？　時間の経過に覆われた写真──しかしそんな要素は、すぐに取り除けるものだ──に、その男は、そのころには無名になっている写真家アーノルト・ペシャーズが、いま見ているものを見るだろう。着物を着た女性が、天井の低い、空っぽの部屋のなかに立っている。彼女の右手には掛け軸が掛かっており、ぽつぽつと花が描かれている。低い茶卓以外には、その部屋には家具はなかった。

彼女の着物は灰色の地に、赤と金の炎の柄だった。アップにした髪は、表情豊かな顔を照らしているのと同じ黄色っぽい光によって輝いていた。彼女は不動の姿勢で、凍りついたように、その場面のなかに立ちつくしていた。彼は小型カメラとフラッシュを取り出し、彼女の姿をエクタクロームの上に、素早くリズミカルに焼きつけていった。シャッターの小さなかしゃかしゃいう音が、時計の秒針のように聞こえた。いくらかのときが過ぎた。数秒という時間ではなくて、写真の時間。時刻を飲み込んで保存する時間。

撮り終わると、彼は言った。「きみはとても美しい」

この言葉の有限であることが、彼には気に入った。他の人々にはほとんど理解できないとしても、彼らはすべてを悟ることができた。それはとても心を落ち着かせてくれることだった。同じ言語を話す人間同士のあいだでは、言葉は多くのものをダメにしてしまう。なぜなら、と彼は考えた、話し始めるやいなや、人間はどうしたって嘘をつくから。

襖が開かれた。簡素な青い着物を着た娘が膝をつきながら入ってきて、熱いおしぼりの入った、籐で編んだ小さな籠を差し出した。もう一人の娘が、刺身の入った鉢と、ざらざらした陶器でできた小さな徳利を二本持って入ってきた。徳利はまるで、寝かせたままで火に入れる、取っ手が一つしかないギリシャの壺のミニチュアのように見えた。サトコは着物をカサカサいわせながら腰を下ろし、彼に酒を注いだ。雪のように白い面を伏せ、黒く輝く髪を彼に向けて。

「生の鯉です。川で捕れた魚ですわ。この土地直産の」

生の鯉、椋鳥、ウズラ。アユという名前の魚、豆腐、串に刺したウズラの卵。打ち寄せる波のような動きのまま串に刺されたマス。小さな声でつぶやく決まり文句とともに、それらの料理が運ばれてきた。娘たちの勤勉さは、音もなくサトコに伝染し、彼女はあぶったり、注いだり、笑ったりした。それが何かを意味しているかどうか、彼にはわからなかった。彼らはほとんど話をしなかったから。そんなふうに彼らは、もう二十年も一緒に暮らしている日本人の夫婦のように、座布団の上に座っていた。ときおりは見つめ合い、目や子どもっぽい仕草で、おいしいね、と合図しあった。彼の杯が空になるたびに、彼女は酒を注いだ。彼女の動きは流れるような優雅さで、彼にはそれ以上望むことも、要求することも、尋ねることもなかった。遠くから相変わらず三味線の音がかすかに聞こえていた。三味線は金糸のように、静寂や、ほとんど聞き取れないくらいの遠くの水車の音のあいだに響きを張り巡らしていた。少し苦みのある緑茶を飲んだあとで、彼女はほんの一瞬、彼の膝に手を置いた。

「庭を歩きましょうか?」

松明が、薄暗い芝居がかった光を、庭の小道の濡れて輝く石の上に投げかけていた。いろいろな音に取り巻かれているような気がしたが、これらの音はどれも小さく、それ自体では意味のないものだった。小川の音、滝の音、ゆっくりと粉をひいている水車、彼女の駒下駄が地面に当たる音、彼女の着物の膝がこすれ合う音。気まぐれな夜の繁みのなかで、風がかさこそいう音。彼女は彼の手を取った。それはまるで、一緒に踊ろうとしているかのようだった。永遠に消滅してしまった時代にしか存在しないような、この庭の迷路のなかでの踊り。障子の奥には、他の人々の輪郭や影が見えた。いくつかの、屋根の尖った小さな藁葺きの建物からは、笑い声や歌声が聞こえてきた。それは存在していた、と彼は思った、と同時にそれは存在していなかった。彼はそこには属していなかった。彼女とここにいるというだけのことで、それとは何の関わりも持っていなかった。それは彼を放逐するだろう、一つの肉体が、他の身体から取り出された心臓に拒否反応を示すように。夢という言葉を、彼は自分の心から押しやろうとした。しかし、その言葉はくりかえし現れてきた。彼が感じていたのはまたもや、苦しみと幸福との愚かしい混淆だった。その感情があまりに激しくて、耐えられないほどだった。それに、そのあいだじゅう、職業意識が脳裏から離れなかった。彼は見て、目で写真を撮った。雨樋、盆栽、武器のような菊の花。萱《かや》でできた、かさかさと音を立てる影のようなもの。

自分たちの離れに戻ると、明かりが弱められていた。さっきまで茶卓があった場所の、柔らかく詰め物をしたゴザの上に、軽い羽布団を掛けた寝床が作ってあり、一隅だけがめくられていた。

この夜、彼の人生におけるたった一度の、ほんとうのロマンスが始まった。後になって友人たちとそのことを話そうとしたとき、彼は、こうした事柄については、もっとも基本的な概念を使ってしか話せない、ということに気づいたが、そうした概念は同時に、まっさきに笑いや不信の念を呼び起こすものでもあった。しかし、まさにそういう状態だったのだ。それは彼を根底から燃やし、前にあったこともその後のこともすべてをぬぐい去ってしまうようなものだった。なぜなら、今回は愛がそこにあったから。そして、そのあとでようやく物語が始まるのだった。快楽は痛みのように忘れてしまうものだ、と人は言う。そうなのかもしれない。しかし、そのできごと自体は忘れられないものだった。自分が感じたことを思い出すためには、その後も新たにその気持ちを体験し直さなければならないだろう。しかし、見たものは残った。踊るように揺れる松明、外に置かれた唐傘の前の竹。彼女がしたことの、絶対的で仮借のない強度。白く輝く顔の上に浮かぶ、汗と涙の混じり合ったもの。その顔は当時もその後も、仮面のままだった。彼女の体の緊張と、脱力。その肉体は無数の細部に分かれて彼の記憶のなかをさまようことになる。あちこちに渦を巻いている、鈍く光る肌の一連のクローズアップ。彼女の乳房の形。開かれ、大きく伸ばされた両腕。その腕が彼を空中のどこかでとらえ、自分の方に引き寄せたこと。そしてとりわけ、絶頂に達するときの表情を隠すために、片手を一生懸命顔の前に持っていく仕草。もう一方の手は頼りなく空中を羽ばたき、二度と飛べない鳥のように落っこちていった。

行為のあと、誰にも見たことのないような落ち着きを見せて彼女が眠っているとき、彼は彼女を見つめ、自分はこれからどうなってしまうのだろうと自問した。彼女はいまでは三つの仮面を重ねてつけていた。アジア的な仮面。彼女本来の、誰も寄せつけようとしない仮面。そして目下の睡眠という、彼女を覆う保護膜。以前、彼の実家のサイドボードに、少女の頭をかたどった彫刻が置かれていたことがあった。父親の説明では、セーヌ川で溺死した、知らない少女の死に顔だということだった。彼女の名前は誰も知らなかった。それは、かつて存在し、いまはいなくなった人間であり、彼女が誰だったのかはわからないままだろう。その像は彼の心に不安を吹き込んだ。そして、いま彼が感じているのもまさに不安だった。彼は彼女を写真に撮りたいと思ったが、そうする決心がつかなかった。外で松明が放つちらちらする光が、扇ぐように彼女の顔の上を横切り、まるで彼女の生命をふたたび呼び起こそうとするかのように見えた。彼女の丸い、輝くような両肩に、彼はそっと布団を掛け、彼女に背を向けた。彼の心を一生のあいだ奪うことになる何かが、すでに始まっていた。

9

一生のあいだ。五年前、彼は初めてそう思ったのだった。そして、状況は何も変わらなかった。途方にくれたように、彼は自分の前の若い女性を見つめた。エスプレッソバーはまもなく閉店の時間です、と彼女は言った。「閉店です、閉店です」

彼は料金を支払い、立ち上がった。あの初めての夜から、見捨てられたよそ者のように銀座を歩き回っているいまこの瞬間までの五年間、彼はほとんどの時間を日本の外で過ごしていたが、それはたった一つの単位の、長くたわめられた期間であったような気がしていた。その期間のあいだ、すべてが彼女と結びついていた。初めての夜を過ごした翌朝、彼らはあの土地の周辺で写真を撮り、鵜飼鳥山の旅館に昼ごろ戻ってきた。独特の甘い香りが漂っているのに彼は気がついた。これは何、と彼は彼女に尋ねた。

「木犀です」

木犀は日本では数少ない香りの強い花である、と彼はあとになって学んだ。そして、彼はそれから、彼女をそう呼ぶことにした。木犀。いま、彼女には三つの名前があった。彼のためだけの秘密の名前、雪面。彼がけっして使わない、彼女自身の名前、サトコ。そして、木犀。彼はその名前を使って彼女に手紙を書いた。それは、二人のためだけの名前だった。この五年間の物語は、何と簡単にまとめてしまえるのだろう！　と、彼は思った。最初の滞在のとき、彼らは昼も夜も一緒だった。しかし彼女は、一緒にヨーロッパへ行くことは拒んだ。

「わたしが行ってしまったら、両親は死んでしまうわ」

その両親と、彼が知り合うことはなかった。両親は大阪に住んでおり、彼女は彼をそこに連れていこうとはしなかった。彼が帰国するとき、彼女は泣いた。そして彼は、惨めな気持ちの塊になって、飛行機に乗っていた。故郷には、もう馴染むことができなかった。彼はよそから来た獣のようにあちこち歩き回り、彼女についての話を携えていっては友人たちの神経を逆なでした。友人たちは、彼女についての話を最初はクレージーだと思い、後には退屈だと思っていた。女性とのつき合いも、どこか機械的になり、心ここにあらずといった様子だった。すべて許されないことであるかのように。また実際そうだったのだ。最後に残ったのは、彼の不足がちな興味をかき立ててくれるように見えたガールフレンドたちか、もしくはいろいろと事情があって、深いつき合いを望まない女たちだった。それがどんな事情なのかは、自分自身を守るために、できれば知りたくないと彼は思っていた。そんな女と会う折にはしばしば、木犀がいまこの瞬間何をやっているだろうかと想像し、日本では何時なのかと計算した。そんなことを考えているときの彼の秘かな憤りが、行きずりのパートナーとなった女性たちを魅了したのかもしれない。こうした女性の訪問があった後、彼は激しい絶望のあまりに、木犀の写真も含めてすべてを壁から引きはがしたことがあった。彼女にはこれ以上、自分が裏切りと感じている行為の目撃者になってほしくないと思ったからだ。仕事机の上の空白の多い壁には、北斎の絵の複製が掛けてあった。切り離された女性の首の絵だ。両目は閉じられており、二本の孤独な黒い線に過ぎなかった。しかし口は開いており、上唇よりも下唇の方が赤かった。少しウェーブの掛かった髪に縁取られ、葦の繁みのなかに横たわっているその首の、顎のところには一匹のトカゲがいた。顔の右には、ほんの軽く筆でなぞっただけの血の跡があった。この赤と、トカゲの緑色だけが生き生きとした色で、それ以外はみな褐色だった。軽いタッチで描かれた一本一本の葦は、静かな顔の真上にまで伸びていた。ときにはその顔が、笑ったり、何かを言おうとしているようにも見えた。その壁にはほんとうなら何も掛けない方がいいと彼は思っていたが、顔の真上に蜂が描かれているにもかかわらず、その絵は何の恐怖も呼び起こさなかった。その蜂は、彼が一人でその絵を長く見つめているときなど、羽音が聞こえてくるように思えた。こんな絵を掛けるなんて病気だわ、とガールフレンドの一人が主張し、彼も内心はそれに同意していた。

そんなことをしても何の助けにもならなかった。電話代の請求書は払いきれないほどの額になっているのに、会話は腹立たしいほどの空虚さしかあとに残さず、それを埋めるためにはまた新たに電話しなければならないのだった。彼女はときには何日間も留守にしていた。しかし、彼はそれについて質問するのをやめた。彼女の声も、一つの仮面のように思えた。彼女の生活について、彼は何も知らなかった。両親と仕事のこと、それですべてだった。あるとき彼はデ・フーデに、彼女の生活についてもっと調べてもらえないかと尋ねたことがあった。しかし、デ・フーデは答えた、「いいや、きみ、それは無理だよ。それはぼくの役目じゃない」彼はそれを聞いて自分を恥じた。彼女は彼のところには来ようとしなかった。デ・フーデの骨折りも——少なくともそれを説得する役目は引き受けてくれたのだったが——何の役にも立たなかった。しまいにはデ・フーデがシンガポールに転勤になってしまった。こうして、彼と彼女が知っていた最後の人間が消えてしまった。

ブリュッセルで休暇を過ごしたとき、アーノルトとデ・フーデは一緒に食事に行った。デ・フーデはアーノルトに、ことを終わらせるように助言した。「言うことを聞けよ。そういうことはぼくだって前に一度体験したんだ。彼女との関係を終わらせなきゃダメだ。さもないと破滅するぞ」写真家は酔っぱらい、友人に、どうしてそんなに滑稽なポケットチーフを胸ポケットに入れているのかと尋ねた。デ・フーデは答えた、「死ぬのが怖いからさ」それから彼らはまた一緒に杯を重ね、日本料理店で不作法な振る舞いをした。アーノルト・ペシャーズが日本料理店で酔っぱらうのは、これが初めてではなかった。

彼が仕事を見つけて日本へ行くたびに、彼女は空港まで迎えに来てくれた。そして彼らは、まるで彼の不在などなかったかのように、東京の彼女のアパートに引き移った。彼はいつもできるだけ長く滞在し、一度などは、ほとんど半年間もそこにいた。故郷での借金が膨らみ、取引銀行がもう金を貸してくれなくなっていることは、自分で自覚する以上に彼を不安にした。しかし、遠い場所にいるということが、こうしたできごとを現実とは思えなくしていた。そして、ついでに言えば、彼の全人生も現実ではなくなっていた。まるで、こうしたことすべては彼自身ではなく、一人の他人、このために雇われた俳優の身に起こっているかのようだった。その俳優は、鏡を見てみると、彼、アーノルト・ペシャーズに、特別よく似ていた。ときおり、彼女が数日間留守にすることがあった。そんなとき、彼は一人で彼女のアパートにとどまり、夜になると繁華街に出かけて、他の根無し草のヨーロッパ人たちと一緒に六本木のパブ・カーディナルに行ったり、ディスコをうろうろしたりした。そうしたディスコでは日本人が黒人の格好をし、ビキニショーツを履いて飲み物を運んできたり、壁に沿ってミニチュアの電車がぐるぐる回っていて、ほんとうに気が狂いそうになるのだった。これらはもうはっきりと、「別の」日本であった。下手な模倣からなる、精神的スラムであって、彼はライバルを憎むように、その国を憎んだ。彼女に関して彼が愛しているすべてのこと、よそよそしさ、謎、近寄りがたさなどが、ここでは反転し、別の面を見せているように思えた。彼を脅し、最終的には追い払ってしまうであろう、機械的で野卑な面。しかし、彼は彼女に対して、その話をしたことはなかった。

10

このようにして、いままでのときが過ぎたのだった。彼が一人で歩き回り、人気のない歩道で自分の足音を聞いている、この奇妙に静かな瞬間までのときが。しかしこの夜、すべてはいままでとは違ってしまった。彼がもうずっと前から予感していた剣が、ひらめきつつ、決定的に、振り下ろされたのだ。

彼女は彼と一緒に帝国ホテルに食事に行った。そして、その豪華な雰囲気のなかで、彼女は彼に、結婚することになったので、一緒にいられるのはこれが最後よ、と告げた。それはまるで子どもの台詞のように聞こえた。「両親のそばにいたいの。面倒を起こしたくないの。家を建てて、子どもを産みたいの」彼が彼女の発音で――ただ彼女の場合のみ――魅力的だと思っていた、エルを軽く引っ張る癖とともに、彼女はさらに、「愛してるわ（アイ・ラヴ・ユー）」と付け加えたが、それはもう何の役にも立たなかった。彼はそれまでにもう何度も言った、「ぼくだってきみと結婚したいし子どもを作りたい」

という言葉をくりかえしたのだが、彼女の顔はそこでまた閉じてしまい、それは不可能よ、と告げた。「イット・イズ・ノット・ポシブル」

考えることも尽き、散歩も終わって、彼はアパートの部屋に入った。彼女は死んだようにおぼれたように眠っていた。今度だけは、彼女の寝姿を撮ろう。翌日、もう一度、最後の最後に彼女と一緒に鵜飼鳥山に行くつもりで、すでに荷造りのしてあったスーツケースから、彼は三脚と高感度フィルムを取り出した。フラッシュも使わざるを得ないだろう。彼はシーツをつまんだ。シーツがあまりにもまっすぐだと、写真のなかで彼女はほんとうに死んだように見えてしまうだろう。それは、とりわけ彼女の眠りのなかに「死んだような」要素があることからくる迷妄だったが、彼は、写真のなかでも、彼女の周りの色彩や細部から、彼女がほんとうに眠っていることを見てとれるようにしたいと思った。眠っている者は、近くにいると同時に、相手からも自分からも遠く離れたところにいる。無力な状態で、しかしそれでもなお、その不在ゆえに、まさに力のある者となって。彼が六度目か七度目にフラッシュを焚いたとき、彼女は目を覚ました。

「嫌だわ。眠っているとき、わたしはわたしじゃないもの」

「いや、きみだよ。ぼくにはわかる」

「いいえ。眠っているときには、目がないもの。でもわたしは盲人じゃないのよ」

彼女は寝返りを打った。彼は彼女の隣で横になったが、明け方になってようやく眠りに落ちた。彼女の体のぬくもりを感じた。その体を、彼は隅々まで知っていたし、その体がエクスタシーに到達するのも体験したが、それは、この先もけっして――彼はそのことをはっきり自覚していたが――他の誰かの体に呼び起こすことはできないようなものだったし、呼び起こしたいとも思わなかった。そして同時に、自分が彼女について何も知らないこと、これからも何も知り得ないことが彼にはわかっていた。彼女の秘密を知るために、あるいは少なくとも、彼女が彼に対してある感情を抱いているとして、それがどのようなものであるかを突き止めるために、彼女の体をこじ開けたいほどだった。彼は計り知れないほど深い穴に落ち込むような眠りに落ちたが、できることならずっとそこにとどまっていたかった。しかしまだ、別れを言う必要があったのだ。

11

最後の一日は、最初の一日の写し絵のようになった。最初と最後の日のあいだに横たわる時間、憧れ、手紙、説明、愛の夜などのすべて、シベリアの灰色の草原の上を越えて行われた情熱的な電話の会話の全体が、一つの瞬間のなかで気化し、溶け合ってしまっていた。その瞬間、彼は永遠の山を相変わらず遠くに望みながら、五年前に撮ったのと同じ写真を撮影していた。後に現像された写真を見てみても、そこに立っている女性が五歳年をとったとは思えなかった。そして、聖なる山に関しては、五歳年をとったかどうかなど、もうまったく言えないのだった。同じ女性、同じ写真家、同じ秋の日、同じ旅館、同じ木犀の香りだった。思い出としての人生。三味線、水車、松明、前に立って案内する娘。あのときと同じように、彼は散歩に出かけようとした。彼女は手を動かして彼をとめた。彼女は彼を引っ張って畳の上に座らせると、服を脱がせ、自分も脱いだ。これまでの彼女だったら、けっして自分から主導権を取ろうとすることはなかった。

彼らは裸のまま、畳の上で、低いテーブルの脇に横たわっていた。これは、何よりも戦争みたいだな、と彼は思った。彼女の愛には憤怒が混じっていた。彼の憤りに呼応した憤怒が。嚙んだり、飲み込んだり、相手のなかにこのときとばかり押し入ったり、相手を食べ尽くしたり、一緒に連れていってしまうこと。相手のなかに入り込み、一つになりたいと思いながら果たせず、別れること、離れていくことをくりかえし強いられる人間たちの、どうしようもない企て。空っぽの空間が背後に集まっていく。そのなかでは仕草や言葉が、言い終えられることのなかった文章の、切断された言語が、そこに存在しつつ、次の客たちを待ったり待たなかったりしている無関係な物たちのあいだに蒸発していかざるを得ないのだ。彼は、非常に長い距離を泳いでいる途中の人間のような気分になった。戻るには距離がありすぎ、このまま進むのにも距離がありすぎる。彼女がようやく身をもぎ離し、背を向けて畳の細かい目に顔を埋め、その肉体がふたたび閉ざされた難攻不落の要塞になって、自分とは関わりのないものになってしまったとき、彼は立ち上がり、服を着ると、外に出て行った。最初の日の散歩のときよりは、少し暗くなっていた。彼は例の仏像の脇を通って歩いていった。そこでも様子はほとんど変わっていなくて、この五年間に、彼らは苦労してやっと一秒数えただけのようだった。拾い集めた枝の重みで腰を深く屈めたこびとのような老女が向こうから歩いてきたが、彼にはそれは悪い予兆のように思えた。枝、火、灰。小川はさわさわと音を立てていた。どうすれば当時とは違う音を聞くことができるのだろう？　彼は最初のときよりも遠くまで歩いていった。小道の湿った土の上で、産毛の生えた木の実が踏み砕かれ、押し潰されているのが見えた。あらゆるものが、意味を帯びているように思えた。最後の緑の葉に差した赤い色を、彼はまだ見てとることができた。一本の木に生えたキノコ、白樺の樹皮についた黒く湿った染み。あらゆるものが、彼に何かを告げようとしていた。彼はときおり立ち止まって、黒く光る石の上を流れていく水の速さを確認した。まるで何かを数えているように見えたが、それが何なのか、彼にもわからなかった。もし可能であったとしても、いまは写真を撮りたいとは思わなかった。こうしたものは、記録されるべきではない。これらのものは、彼のため、ただ彼一人のために、ここにあるのだった。彼は上り道をたどり、闇のなかに入っていき、川の上に渡された、太くてつるつるした竹の幹で作った小橋を歩いていき、水がごぼごぼいう音に耳を澄ました。いまは亡き、どんな人々の足が、この道を踏み固め、自然の一部にしたのだろう？　水の表面の下では、地面そのものが流れているように見えた。別のところでは一山の薪が、まるで一緒に地から生えたかのように、しっかりとした黒い形を作っていた。百年前、ここに一人の木こりがいて、翌日のためにこれらの薪を積んでおいたのだが、二度とここには戻ってこなかったのだ。木犀。彼は自分が大きな声で彼女の名前を言うのを聞き、そこに立ち止まった。つまりはこれが、いまの彼が感じている不安だったのだ。何か取り返しのつかないことが起こってしまった。彼は振り返った。自分が来た方向から、霧が上がっていた。解き放たれ、宙に浮かぶ形象が、彼を見下ろし、取り巻き、包み込んで、この薪のところに縛りつけようとしていた。百年、千年、永遠のあいだまでも。

息を弾ませ、あちこちにひっかき傷を作りながら、霧の塊に追いかけられて、つまずき走りつつ旅館に戻ってくると、彼女の車はすでになかった。従業員たちの表情からは何も読み取れなかった。彼は部屋に行き、襖を開いた。茶卓の上には、一膳の茶碗だけがあった。彼女がいないにもかかわらず、彼は自分がこの夜二度目にその名前を呼ぶのを聞いた。木犀。彼は靴を脱ぎ、部屋のなかに入って茶卓のそばにしゃがんだ。いまや彼は悲しみに身を委ねることになった。それは、人生が長く続こうとも、けっしてふるい落とすことができない感情だった。他のすべてのものと同じく、悲しみは過ぎ去っていくかもしれない。しかし、自分自身が終わってしまったというこの感覚を、彼はけっして忘れることがないだろう。

会津若松とアムステルダムにて
一九八〇年秋

日本紀行

北のアトリエ、パリの北斎

日本がヨーロッパにとってまだおとぎの国であり、もっとも遠い国の一つだと思われていたころ、当時はまだ江戸と呼ばれていた東京において、八十三歳の老人が、一日一作のペースで墨絵を描き始めていた。彼は一種の悪魔払いのためにそれをしていたのであり、夜の闇がかき消えたときに新しくやってくる一日が、「平和な一日であることを」祈願していた。描くのは毎日決まって同じもの、一匹の獅子だった。もっと正確にいえば、描かれた動物は獅子に似たものだった。唐獅子という、獅子の姿を借りた神聖なる架空の生き物だったのだ。

獅子を描いている男は北斎という名であった。彼は生涯のあいだにたくさんの名前を――合計二十以上の名を――着物のように着たり脱いだりしていた。一八四三年当時の日本人にとっては空想上のグリーンランドや没落したエジプト帝国のように遠い場所にあったパリで、一九八〇年のいま、わたしはこれらの獅子たちの上に屈みこんで、二百十九枚あるその絵のすべてを順々に眺めている。自分が絵を眺めながら、薬草を煎じて飲む人間のような顔をしているだろうと想像する。少なくとも、ここに集まって、できるだけたくさんの絵やポスター、刷り物やスケッチや木版画を見ようと、わたしと同じように押し合いへし合いしている人々の何人かは、そんな表情を浮かべている。

ここにいる何万人もの鑑賞者の一人一人から、一本の直線が伸びている。その線は、彼らの「いま」と、かの老匠がこれらの獅子の姿を紙の上にぶつけた百三十七年前という隔たりを、瞬時に超えていく。紙の上にぶつけた？　わたしにはそれ以外の表現ができない。というのも、これらの墨絵がゆっくり描かれたものだとしても、うずくまったり、跳び上がったり、静かに座ったり、怒ったり、攻撃したり、後ずさりしたり、人間のような姿で激しい雨に打たれている獅子たちはどれも、爆発によって生まれたかのような、電光石火の、集中した機敏さのイメージを伝えているからだ。これらの紙はまったく静かにガラスケースのなかに置かれているけれども、鑑賞者には一匹の獅子が、あたかも風洞のなかにいるように激しい動きをしているのが見えるのである。まるで、暴力映画のコマを一枚だけ取り出したみたいに。

北斎という名は、「北のアトリエ」を意味している。この画家は日蓮宗の信者で、北極星を神格化したといわれる妙見菩薩の熱心な崇拝者であった。北斎という名を初めて使ったのは、一七九九年、彼が三十九歳のときである。しばらくのあいだこの名を用い、ときには他の名前と組み合わせて使ったりもしたが、一八一〇年にいったん使うのをやめた。

その年、彼は芝居の看板のために描いたいくつかの人物画が「やせ細っていて、醜い」ということで激しく非難された。このために、自分で選んだ北斎という雅号を、大して才能もない弟子にやってしまったのである。そのように混乱して使われた名前を日本学者や美術史家がどう整理したのかは、その午後には解けそうもない謎であった。ここでは画家の名はほかでもない北斎となっており、この魔術のような響きが何十万という人々を引き寄せたのだった。

実際のところ、一番わたしの関心を引いたのはこの現象だった。わたしの周りにいる人々のこの熱心な興味、ほとんど卑屈なまでに北斎の作品を「吸収」しようとする姿勢は何を意味しているのか？　パリでは別の場所で、クロード・モネの作品に日本が与えた影響を示す展覧会も開かれていた。しかし、当時、日本的なものに対して示されていた興味は、純粋に美学的なものであった。北斎の版画の細部を観察すれば、ただちにアールヌーボーの要素が顔を覗かせるだろう。その一方で、現代の人々が抱いている関心は、もっと緊張に満ちたものなのだ。

二十世紀の日本と、我々は世界戦争を戦った。その戦争には、この地上で初めて使われた、たった二発の原爆によって決着がついた。我々は文楽や浮世絵、歌舞伎や生け花の日本と関わりを持っているだけでなく、ホンダやトヨタ、ミツビシの日本とも関わっている。我々の関心――一方では危険な、競争力のある経済大国への不安、それと同時に、日本が自らに課した何世紀もの鎖国のあいだに、どうやら我々よりもずっとうまく持ち続けることのできた精神的な価値への撞着――は分裂している。日本そのものが分裂しているからだ。

北斎展に入場させてもらうために、わたしと同じく巡礼者のように一時間も冬の午後の寒さのなかでたたずんで待っていた人々は、ホンダなどの車のいない神殿に足を踏み入れる。わたしはちょうど日本への旅から戻ったところである。日本では、エッチング画家のショルド・バッカーと一緒に、北日本の秋の森を歩き回った。それはわたしの二度目の日本旅行で、あまり幸せな結末にはならなかった。最初の旅行のときのような幸福感をふたたび感じることができず、いま、北斎を見ながら、それがなぜだったのかわかる気がした。

我々が日本で探していたのは、時間のなかにのみ存在し、空間のなかにはない日本なのだ。最初の訪問の際にはすっかり感激してしまって、大きな醜さのなかにも小さな美しいものを見ようとするし、日本の美学に感動して元気を回復し、勧められるままに京都や奈良にも行き、焼き物の美術館でショウケースのそばを歩き回り、午後はまるまる歌舞伎の芝居を見て過ごし、寺の空気に浸り、庭園の完璧さに気分を昂揚させる。ラフカディオ・ハーンやその他の人々の本に書かれていたことがすべて立証されたと思い、食事も含めてあらゆるものに精神的なニュアンスを感じ、そうして、見たくないものには目をつぶるのである。

少なくともわたしの場合、最初はそんな具合だった。しかし基本的にそれは一種の幻想であって、頭のなかに、禅宗から源氏物語に至る一連の文化的書き割りが詰め込まれているだけなのだ。そして、日本の社会が自分のそうしたイメージに合うことを原則的に求めているのだ。これは、誰かがアヤックス（オランダのアムステルダムにあるプロのサッカーチーム）のファンに、最寄りのベネディクト会修道院はどこですかと尋ねたり、パリのホテルのコンシェルジェは全員が『薔薇物語』を本棚に持っているはずだと考えたり、オランダの国立美術館の警備員に、ファン・デル・ゴーズの絵画における象徴について説明しろと求めたりするようなものだ。

二度目の訪問の際、わたしは日本社会の不透明さにぶち当たり、心から憤激した。今日の日本において、かつての日本を見出すためには、日本語をきちんと読んだり書いたりできなければいけないことがわかった。わたしの場合それにはもう手遅れだし、今後はこの展覧会のように、「純粋に」日本的なるものとして差し出される部分や、翻訳で読めるものに限定していかなければいけないことを認識した。言い換えれば、もう日本に行く必要はないということだ。わたしが見たいものはここにある。もしくはここに来るのだ。

そういうわけで、わたしは自分と同じく日本文化を信奉する人々のあいだを、日本教の信者として歩き回っている。ただし、無垢の心をいくぶん失ってしまった信者として。というのも、司祭の館（日本を指す）でどんなに恥知らずなことが行われているか、もう知っているからだ。

展覧会の構成はみごとだった。もっともオランダの各美術館では、この点は賛否両論に分かれることだろう。展覧会の訪問者はまず、一並びの暗いカタコンベをくぐり抜けなければいけない。そこには北斎の時代に使われていたさまざまなものや着物などが、一種の神聖な薄闇のなかで光を放っているため、それらの展示物にたちまち秘密めいた輝きが加わるのだが、我々はまさにその輝きゆえにここに来ているのだ――うまい演出だ。もっとも重要な版画が展示してあるホールはかなり小さくて、ライトアップされたガラスケースがぎっしりと置かれている。ガラスケースが演壇を思わせるのは、その前にベンチがあるからだ。どのガラスケースにもたいてい二枚の版画が展示してあるが、それを見るための大きなルーペは一つしかなくて、二人の立派な人物のあいだで上品な譲り合いが起こる原因となり、第三者にいつでも楽しめる芝居を提供してくれる。

芸術愛好家は軍人ではない。誰もが違う方向に動いていく。不作法な渋滞が起こっている場所には、非常に美しい絵が展示されているのだと推測できる。人を優しく押しのけたり、悪態をつぶやいたり、隣の男が一生に一度の大発見をしようと思っているときに、ルーペをちょっと長く占有しすぎてしまったりするのは、まさに芸術の愉しみである。エロスの息吹だって欠けてはいない。そうでなければ、ブロンドの女性はどうしてそんなに長いこと、ナンバー二百二十三の、「参議等の詩（「浅茅生のをののしの原しのぶれどあまりてなどか人の恋しき」という和歌）。農家の主が失った恋人を瞑想する」という作品の前にたたずんでいるのだろう？

その女性とわたしには共通点があるに違いない。というのも、その絵はわたしのお気に入りでもあるからだ。絵のなかの男性はこちらに背を向けて、カスパー・ダーヴィッド・フリードリヒ（ドイツのロマン派の画家）の絵のように、この世からは失われてしまった者のようにたたずみ、地面と、岸辺に帯のように繋っている葦、あるいは静かに凪いだ海面を見つめている。水平線には長く平らな岬が海のなかに突き出ている。しかし、すべての果て、空と水を分ける薄い線のすぐ下には、詩が書かれている。そばに寄ってみたらよほど大きな四角い枠があるに違いないと思われるような、遠い場所である。あらゆる詩人にとって、これは夢のようなことに違いない。自分の詩が石の板に書かれ、その板が風景のなかに垂直に、丘よりも高いところに立っているのである。この絵のなかに見られる唯一の動きは、葦のそよぎと、かご一杯の緑の野菜を持って画面から立ち去っていく、名もない卑しい農夫である。農夫は、石のように立ちつくす男性を、その苦悩とともに、一人残していこうとしているのだ。これらの彩色版画は『百人一首乳母が絵解き』シリーズの一部であって、『富嶽百景』と同時期に成立したものである。

名作『富嶽百景』も同じく展示されており、午後の時間が過ぎるにつれて、北斎の多様性と充溢とともに、逆説的に聞こえるかもしれないが、とりわけ細部の重みが、観る者を打ち砕いていくのだった。まさに小さいものが——山肌の花、女の胸におかれた指、役者の口、魚の鱗、赤い馬のたてがみなどが——子供用虫眼鏡の脂っぽいレンズを通して眺める観察者をひどく疲弊させるのだった。北斎が表現したものにあらゆる側面から襲いかかられているように感じつつ、よくわからない理由でくりかえし一枚の絵に引き戻され、一キロもするすばらしいカタログを買い、その印刷ページをオリジナルの作品の隣にかざして、奇跡のような作品「木曾路ノ奥　阿彌陀ヶ瀧」が縮小化されているのを見るのだ。

この絵には、なにか限りなく神秘的なものがある。こちらに向かって流れてくる水は、滝のすぐ上の、一種の丸い鍵穴のなかに収斂している。この水の動きを表すために、北斎は川をぽっかりと開いて見せている。本来水平であるべきものが、垂直の青い筋の入った大理石の塊となって滝上に直立しており、そのなかに水が白く注ぎ込んでいるのである。こうした眺めや力とは無関係に、三人の男たちが前に突きだした岩の突端に座り、食事をしている。

恐ろしいのは、彼らの話し声が「聞こえる」ことだ。もちろん、ごうごうと流れ落ちる滝の圧倒的な力のために、会話を聞き取るなど不可能に違いないのだが。彼らが穏やかにそこに座っているのを、わたしは妬ましく思う。傑作が溢れ、同好の士が大勢集まりすぎて呼吸困難になりそうなこの展覧会場から抜け出し、この山水画、山と水からなるこの風景のなかに左側から入っていきたいと思う。北斎の筆によって、絵のなかの、火加減を見ている第三の男と向かい合う位置に座らせてほしい。三本の枝を組み合わせてぶら下げてある小さな鍋に何が入っているのか知りたい。そして、一緒に食事したい。

でもそれが不可能であることはわかっている。わたしはこのカタログを家に持って帰り、いつか年を取ったら、ヴェルヴェの端にある老人ホームの部屋で、これらの絵を眺めるだろう。いくつかの絵には、ライデンにある国立民族博物館で再会できるだろう。ついでながらカタログには、民族博物館の元館長ヴィレム・ファン・グリックの短いが非常に啓蒙的な、日本絵画についての論文が載せられている。これも家で読むことにしよう。

誰もが、大きな展覧会を訪れた際、もうこれ以上受容できないというときに感じる飽和の瞬間を知っていることと思う。ほとんどそのつもりはなかったのに、わたしは青い目隠し布の背後に隠されていた、小さな春画のコーナーに行き当たってしまった。それらの絵はおどろくべき技巧に満ちた複雑さを備えていて、誰が何をどこに突っ込んでいるのかを見るためには、あちこちで頭をすっかり横に倒したり傾けたりしなければならなかった。わたしの横にいた若い日本人カップルは絵の内容を認識するたびに、小さく、ある意味満足そうなうなり声や、喉を鳴らす音を立て、日本語を解する人は誰もいないだろうと知ったうえで、かなり興奮しつつ、抑制した陽気さで、半ばささやくようなコメントを言い交わしていた。エドモンド・ド・ゴンクールの記述によれば自らをときおり「画狂」と名づけていたこの老匠は、百五十年の後になっても、このような反応を引き出すことができるのだ。

外に出るとフランスの日曜日の午後が襲いかかってきた。うるさくクラクションを鳴らす派手な結婚式の一行がヴォスジェ広場を通り過ぎていった。わたしは文字通り、日本から追放されたのだった。

フランス人たちが何かを真剣にオルガナイズしたいと考えた場合、非常にうまくいくことが多い。ル・ヴェール館は、サザビーやその他のオークション会社の売り物を展示するという気の利いた試みにおいて、一九八〇年十月、日本大使館との共催で組織したいくつもの展覧会の枠内で、日本の版画のオークションを開催した。そのおかげで「日本的なもの」に新たな人気が集まることになったのである。結果は明白だった。記録的な数の購買者がパリに押し寄せた。(日本語で行われたオークションの模様は、コンピューターの画面でも追跡できた。）価格は天文学的なものになった。

これに付随して起こった、愛好家にとって幸せなできごとは、こうした大賑わいの催しの一隅で、一つの作品群としてフランスでは一九一二年以来観る機会のなかった、写楽の役者絵の小さな展覧会が開かれたことだった。この展覧会を訪れる機会を逸して悲しんでいる者は、オランダの国立美術館に行けばよかった。そこには相当数、これらの役者絵が所蔵されていたのである。

写楽は謎の多い人物である。彼の登場と退場の仕方にはどこか彗星のようなところがある。彼の名声は、一七九四年に制作された一連の役者絵に基づいていた。正確に言えば、この年の五月に制作されたものである。役者たちは通常そうであるように、彼らが演じる役の姿で描かれている。そのことはわたしたちにもまだ理解できるが、当時の観衆が非常に様式にこだわっていて、役者の表情によって、演じているのがどの作品か読み取れたというのは、いささか未知の領域である。舞台で演じられる陰謀とか物語ゆえに劇場に行くのではなく、様式がどれほど完璧に演じられるかを観に行っていたのである。ひょっとしたらオペラと比べるのが一番いいかもしれない。マリア・カラスがこの表情とこの表情をしているときは「すなわち」、ルチアの狂乱のアリアを歌っているのだ、というように。

写楽が実際どんな人間だったのかは、知られていない。この劇場シーズンの前にも後にも、彼の作品は知られていないのである。写楽自身も役者だったのではないかという推測がある。彼が発明した新しい看板の描き方——役者の顔をとても大きく、「見栄」を張った状態で、ほとんど霜が降りたように見えるきらきらした下地の上に描く——は、観客の気に入らなかったのかもしれない。あるいは、彼は若くして死んでしまったのかもしれない。こうした主張のいずれに対しても、反論が存在する。要するに、歴史を舞台とした推理小説を書くのに充分な題材なのである。偉大なファン・グリックがそれを書こうとしなかったのは残念なことだ！　展覧会はカイ・ヴォルテールの小さなギャラリー、ユゲット・ベレで行われる。ちょうどルーヴルの向かい側だ。これら六十四枚の、秘密裏に姿を消してしまった日本の画家の彩色版画やスケッチが、ほんの一瞬、ルーヴル全体に対抗しているように見える。それは独特の、ほとんどタイムマシーンのような体験だった。ある劇場シーズンのなかの一か月、失われてしまった作品群、忘れられた役者たち。かなたに飛び去りはしたが保存され、凝固した瞬間。いくぶん霞がかかったような小さな部屋のなかで、それらの作品が隣り合わせに掛けられている。描かれた役者たちには想像もつかなかった、後世の人々の目の前で。人生のなかで、わたしはそのような瞬間が一番好きなのである。奇妙なまでに様式化されたこれらの役者の表情が、本質的に自分とは疎遠なものであるという事実は、わたしの興奮をますます高めるのだ。

カタログは、こうした展覧会がどれほど特殊な事情に基づいているかを、あらためて浮き彫りにしている。ユリウス・クルトが一九一〇年に論文を発表するまでは、写楽は基本的にまったく、日本でさえも、無名の人であった。その後は急速に有名になった。そのことをもっともよく示しているのが、一枚の彩色版画について一九八〇年に書かれた説明である。彩色版画はカタログ番号二〇、静御前を演じる小佐川常世二世（日本の役者は、ヨーロッパの王たちのように、独自の王朝を持っているのだ）。

とびきり優秀な探偵がここでは仕事をしている。彼らは、この作品が一七九四年に河原崎座によって演じられたこと、すでに一七五一年二月には別の形で上演されていたこと、しかし本来は一七〇八年に大阪で演じられた演目に基づいていることを知っている。

役者は女形（女性の役を演じる男性）で、手を優美に剣にかけ、「役者の衣装、ぴっちりと帯を締めたバラ色の着物の優しい色合いが、襦袢から見える赤みがかった白の、やや光沢のある首筋を際立たせている」。フォーマットは大判で、縦が三百八十一ミリ、横が二百五十一ミリだ。当局の認可印、「極（きわめ）」が押してある。出版者のサインがある。蔦屋重三郎。この版画は、十四枚が公共の施設に収集されており（そのなかの一つがオランダの国立美術館だ）、九枚は個人の収集家の許にあり、七枚は紛失したか、どこかのほこりっぽい屋根裏で眠っている。一枚でも発見した者は、金持ちになるだろう。

しかし、それからようやく、探偵の実際の仕事が始まるのだ。彼が演じたのは、ほんとうに「その」作品の「この」役だったのか？ それとも別の作品の別の役だったのだろうか？ これはまるで過去のチェスゲームを、見えない相手とやるようなものだ。ギャラリーを出ると、沈みゆく太陽がルーヴルの砂岩を、褪せた芥子の花の色に染めていた。あのルーヴルのどこかで、一人の日本人美術史家が、キリスト教のイコン研究のハンドブックを使って中世の細密画の謎解きに取り組んでいるのではないかという考えが、わたしにひそかな満足を感じさせた。

一九八〇年十二月

「女護の嶋」の幻影

ときおり、ひどく奇妙な行動をとってしまうことがある。初めてイギリスへ旅した折、わたしは船に乗っていった。一つの島国には、そうやって近づいていくのがふさわしいと思ったのだ。最後の瞬間にようやく陸地が目に入ってきた。そして、そのときに陸地を包んでいたのと同じ霧が、ロンドンへの列車の周りにも漂っていた。ヴィクトリア駅に到着したとき、目の前にかざした自分の手すら、見ることができなかった。それからもうほとんど三十年が経とうとしている。思っていたとおりの国だった。イギリスは、非常にゆっくりとしか心を開いてくれなかったし、すっかり打ち解けるということはなかった。ひょっとしたらこうした思い出が、わたしをいま、ふたたび船でイギリスに向かわせようとしているのかもしれない。もっとも今回の目的は大規模な日本美術の展覧会なのだが。日本という貝殻を開かせたのは、開国をさせた側にとっても、させられた側にとっても、まさに魔法のようなできごとだった。しかし、国を開いたというたくさんのしるしは見られるものの、貝はまだ完全に開ききっていない。閉じようとする筋肉の、信じられないほど粘り強い力は、まだほんとうには解明されていないのだ。

新たな一歩を踏み出すたびに、より多くのヒントと、より多くの謎がもたらされる。すでに一つの記念碑のようになっているこの展覧会の場合もそうだ。もちろんこれはふたたび崩れ去り、過ぎ去っていく記念碑であって、カタログのなかと、展示物を観た人々の頭のなかにしか残らない。ここに展示された品々は、これまであまり多くの観衆の目に触れることのなかったもので、そのうちの一部はクリスマスのころにはまた彼方の宝物庫に戻ってしまい、わたしたちが生きているあいだにはもう二度と出てこないような作品なのだ。姿を消してしまうこれらの展示品に代わって十二月二十七日には別の美術品が展示されるということは、愛好家たちが二度ロンドンに行かなくてはいけないということを意味している。

記念碑――この展覧会を観て以来、この言葉はなかなか悪くない選択だと思うようになった。すべての展示品が――屏風、日本刀、掛け物、木版画、根付け、茶碗などすべてをひっくるめて――一つの記念碑を創り上げているのだ。ほとんど控え目な品々で、それゆえ繊細かつ明瞭に展示されており、すべてが空間的ゆとりを持っているように見える。展示品の選び方は洗練されており、たくさんの物が展示されているにもかかわらず、余計なものは何一つない。しかしそのために展示物は、それぞれ自分の姿だけではない何かを示すことになっているかのように、ある種の霊妙さ、厳粛さを保持している。それは当然のことなのだ。これらの品々の作用によって、大きな静寂が生み出されている。この静寂は、いってみれば死滅した文化の雰囲気でもある。その判断は正しい、というのも日本という貝殻が一八五三年にペリー提督によってこじ開けられたことは、徳川時代の決定的終焉を意味したからだ。徳川時代、日本は意識的に文化を外国から完全に切り離した。そのため、これまでの文化の土壌のうえに、純粋な文化が発展していけたのである。しかし同時に、その判断は間違っている。なぜなら日本がこの鎖国時代に成し遂げた発展に、近代日本の驚くべき成功が間断なくつながっているのだから。この成功はある意味あまりにも不可思議なので、労働組合のリーダーであるレフ・ワレサ（社会主義時代のポーランドにおける自主労働組合の指導者）やアメリカのトップマネージャーたちが、成功への黄金の鍵はどこか日本の秘密の場所に隠されていると考えるほどなのだ。しかしこの成功の鍵を手にするには、他の民族が日本と同じ歴史をもう一度体験してみなくてはならないだろう。そして、それは当然ながら不可能だ。そのためには一度鎖国しなくてはいけないのだから。一つの国を二百年間封じ込めるというのは、まるでフィクションのように聞こえる。しかしまさにこのことを、徳川の将軍幕府の跡継ぎたちは日本でやってのけたのだった。

展覧会は、短くはあるが重要な桃山時代（一五六八―一六〇〇）から始まっていた。有力な封建領主同士が容赦なく戦を交えた、一世紀にわたる戦国時代の後、織田信長が国の統一のきっかけをつかんだ。彼が一五八二年に殺された後は、豊臣秀吉（一五三六―一五九八）がその後継者になった。彼はいくつもの城を建設し、そのことによって屛風絵という新しい芸術が生まれた。茶道や、「工芸」の分野で茶道に属する事柄はすべて、秀吉の時代に大いに発展した。彼の朝鮮出兵は失敗に終わったが、朝鮮出兵の結果、日本は朝鮮から陶器や漆器の新しい形式を学ぶことになった。秀吉の後継者の徳川家康（一五四二―一六一六）が、最初の徳川将軍である。将軍という言葉の翻訳としてもっとも適切なのは「大元帥」かもしれない。将軍が持つ権力はつまるところ、スターリンやフランコなどの独裁者たちが手にしていた絶対的権力と類似しているからだ。将軍と並んで天皇という神の構図が、珍しい鳥のように宮殿と宮廷都市である平安京(今日の京都)に閉じこめられた状態で存在し続けたことは、けっして完全に解明されないであろう日本の謎の一つである。天皇はもはや権力を持たなかったが、徳川家は遠い宮廷において天皇を監視させ、その行動の自由を制限したまま生き延びさせた。そして、何人もの将軍と天皇が交代した後で、最後の徳川将軍が天皇に支配権を返還したのだった。しかし、それは一八六八年のことである。日本はそれまでに、二五〇年間、警察国家としての歴史を刻んだのだった。そんな大げさな言葉を使うのは不器用なことではあるが、異国を知るためには、自分たちに馴染みのある概念を用いるのがもっともいい方法である。この方法を使うと新たな混乱が生じることもあるが、こうした混乱のなかで少なくとも何かが明らかになってくるのだ。

最後の重大な敵を関ヶ原で一六〇〇年に破って後(日本人にとってこの闘いは、オランダ人にとってのニューポートの闘いと同じくらい重要である)、彼は首都を江戸、今日の東京に建設した。その間に家康の軍事力は非常に強大なものとなったので、最強の封建領主でさえ、もはや反乱を起こすことは考えられなかった。家康は封建領主たちに対して、決められた比較的長い期間のあいだ、江戸に滞在するよう義務づけた。これによって家康は彼らをよりよくコントロールできただけではなく、経済的にも束縛することができたのである。領主としての威厳を保つために――特別のシーズンだけロンドンに引っ越すイギリスの貴族のように――、彼らは法外な費用を払わなければならなかったが、それがまた江戸の市民にとっては好都合だった。日本経済の基礎は、米の生産地にあった。日本では財産が「石」という単位で測られた。(一石は五シェッフェル(訳注　シェッフェルは穀物を測るのに用いた升のこと)、とわたしの辞書には書かれている。)日本で流通に回される二六〇〇万石のうち、徳川家は一七〇〇万石を受け取っていた。大名(領主)たちは、家臣とともに、残りの九〇〇万石でやりくりしなければならなかった。幕府の巨大な富に支えられて、一連の鉄の掟が生まれ、相互監視の厳しいシステムが作り上げられて、政府の権力を揺るぎのないものにした。社会は厳密な身分制によって分けられ、土地を離れることが許されなかったのと同様に、身分の境界線を越えることも不可能だった。社会のトップには武士たちがいた。その下に農民、さらに職人がおり、商人は最下層だった。しかし、江戸時代に起こった価値の奇妙な転換により、もっとも低く見られた商人たちが裕福になり、する仕事のなくなっていった高貴な侍たちは、身分は高いまま、どんどん貧しくなっていった。歴史を知る人間は、この展覧会において、こうしたことすべての表れを明白に認識することができる。

勃興しつつある市民階級は、こうした厳しい規則に縛られていた。どんな形であれ何かを逸脱することは、悪とみなされた。服装や家の建て方や芸術において何が逸脱であるかは、お上によって決められた。しかし、お上にはわかっていなかったのだ。新しい富裕層はとどめようがなく、新しい階級による、新しい階級のための、巧まざる芸術が生まれた。それと並行して、簡素で抑制された貴族的な芸術が、独自の法則に従って発展した。そのことがよくわかる、とわたしが言うとしても、それはこれらの二つの潮流のあいだの均衡がうまくとれているという意味に解釈されるべきではない。

そのことは、主題的な好みによるわけではなく、展示の仕方にも因る。賑やかな祭事や、「流れゆくつかの間の世界」（浮き世）に属する歌舞伎や狂言などの演劇形式においいて、人々が身につける奇抜な衣装は、ガラスケースのなかに入れられると、どこか荘厳で、静止したかのような様相を帯びる。カトリックのミサに使われる式服が、スペインで教会芸術の美術館に展示されたとしたら、同じようなことが起こるだろう。華麗であることは疑いないが、硬直しており、そのなかで動いていた「流れゆく」役者の身体は追放されている。情熱や喜劇の響きも追い払われてしまっているのだ。同様のことはもちろん、一連の道具類にも当てはまる。それらの道具類はあまりにも単独で自立したように展示されているので、非世俗的な距離が生じ、かつての日常的な現実への思いを遠くへ押しやるような芸術的価値を帯びてしまう。こうしたことは疑いなく、準備段階において日本の後援団体や政府機関と、イギリスの展覧会管理部門とのあいだで交わされた論争において、一定の役割を演じたに違いない。

芸術とは何か？　両者の対立は、こんなふうにまとめられるだろう。日本人は、古典的・貴族的な芸術を見せることを望んだ。古い時代にまで遡る絵画や書などだ。工芸品は日本人にとって芸術ではなかったし、いまでも芸術とはいえないのだ。それらは日々使われる道具類であって、我々が美しいと思ったからといって、それらが言葉の古典的な意味での芸術になるわけではないのである。それに対して展覧会の責任者たちは、まさに江戸という時代を、総合的な関連において示そうとしたのだった。中国の影響は、この時代にあっては以前と比較してはっきりと後退している。さらにポルトガル人とスペイン人が国外退去となってからは、我々が芸術と呼ぶすべての分野が、まったく独自に発展していくことができた。もし我々がまだしばらくのあいだ、自分たちの芸術の定義にとどまるなら(そのことによって着物や漆器や春画なども芸術のなかに含めるなら)、問題は次のようになる。厳格な階級制度は——それらの制度の上にさらに天皇の宮廷が、独自の芸術的伝統と規範を備えて君臨しているわけであるが——必然的に階級制の芸術へとつながっていくのである。身分ごとに独自の芸術がある、と言った方がいいかもしれない。しかし日本人は、我々の理解では江戸時代の本質を成す——そして役者絵や芸者の絵の愛好家にとっては江戸時代の魅力を構成する——そのような分類を、認めようとはしないのである。それでも展覧会の学芸員たちは、徳川幕府の時代に成立した民衆芸術が、二〇世紀の日本を偉大にした手先の器用さや専門的な能力、発明の才などの直接の基礎となっていることをはっきりと示そうとした。そうした才能と、我々にとってはいまだにいささか謎である侍（仕える者、の意）の犠牲精神と服従という、独特の組み合わせが、長くて異常な鎖国のあいだに、日本的な奇跡の生まれる素地を用意したのだ。目で見る愉しみのほかに、この展覧会には非常に教育的な、隠された意図がある。観ると同時に考えることを望んでいる者には、この展覧会において、扱いにくい謎の一部が少なくとも解明されているのである。

しかし難しい。アジアの芸術品を大量に眺めると、わたしは容易に平衡感覚を失ってしまう。直線的な遠近法が存在しないために不安定な気持ちになり、心理学の欠如が違和感を与え、紋章や神話やシンボル、文学などについての知識がないためにナイーブに、ほとんど盲目的になってしまう。わたしにはもうとっくに、自分の見ているものが何だかわからないことが多くなっている。ネパールの住民にはローマ式建築物の玄関上部に彫られた黙示録の図が読めないのと同様に、わたしもこの展覧会で、いくつもの作品において何が描かれているか、見ることしかできない。その表現を見、表現として愉しみはするが、それが何を意味するかを理解するにはほど遠いのである。その作品が訴えるものの半分は、わたしのところには届かない。それでも充分ではないかとわたしのなかにいる正真正銘の趣味人は言うのだが、意味がこぼれ落ちてしまうことは、わたしを不安にさせる。肖像画は線や色や具象性を大量に投入する口実である。しかし、魂が見あたらない。わたしは人物を眺めるだけで、そのなかに入っていけない。自分の鑑賞の仕方全体に、ソフトではあるが狙い定めたローブローが加えられるような具合だ。そのために自分の見方が揺らいでくる。日本の芸術は不自然で非人間的だと、ある種の厚かましさとともに言ってしまうこともできよう。通人や名人の竹刀が頭上に振り下ろされる前に逃げ出しつつ、遠くの方から、そんなつもりで言ったんじゃありませんよ、と叫ぶことも可能だろう。じゃあどういうつもりなのか？　非人間的というのは、人格を認識できるような肖像画ではなく、その人らしさというのが示されていないからだ。不自然というのは、自然が様式化されてしまって、実際の自然から遊離しているからだ。わたしが目にするのはほとんどいつも自然という観念であって、自然そのものではない。それは悪いことだろうか？　いや、悪くはない。慣れの問題なのだ。観念は、ときには現実よりも強い衝撃力を持つ。二つの屛風絵がそのいい例だ——いずれも六面あり、渡辺志功（一六八三―一七五五）の作品である。紋章のような黄金の地を持つこれらの屏風は、華美を好む将軍たちの城の部屋部屋を装飾していた。しかし、こうした意義とは別に、わたしはこれらの屏風絵を連続する作品として見た。官能的にくりかえされる丘陵の女性的な丸みが不自然なのではない。日本にはこうした丘陵があるのであって、わたしは実際にそれらを目にしている。奇妙に唐突な膨らみ、風景による心情の吐露だ。こうした丘陵は吉野山周辺にあって、日本人たちは七世紀以来、春になると桜の花を観賞するためにそこへ出かけていく。奇妙なのは、エピソードとして語れるような自然が欠如していることだ。雲もなく、道も垣根もない。地面も空もない。黒っぽかったり明るい緑だったりする丸みと、雪のように散り敷いた花びらの薄紅色が、深い黄金の宇宙のなかに、非常な強度を持って捉えられている。描写はそれによって高められている。ここでは誰もが息を飲むだろう、自然そのものさえも。

一六五〇年頃に描かれたと推測される狩野探幽の一対の屏風絵は、さらなる静寂を湛えている。ここでも黄金色が全面を支配しており、これほどの力を前にして、自分が一歩退いてしまうのに気がつく。双方の屏風には、二本の松の木だけが描かれている。目につくのは、この芸術家がどれほど容赦なく余白を残したかということだ。この屏風をバラバラにしたならば、何枚かの面の上には枝の先端しか見えないだろう。それ以外は、黄金の虚無なのだ。ここではこの画家がいつかどこかで見かけた本物の木が問題になっているのではなく、この木のイデアが問題なのだという考えは、それほど外れてはいないだろう。絹布の上では、変更したり、重ね塗りしたりすることは不可能である。いったん描いたものはそこに残り、別の何かに変えられることはない。芸術家は、描こうとするものを正確に思い浮かべなくてはいけない。刀の使い手と同じく、百発百中でなくてはいけない（侍たちのなかには、偉大な画家や書家がいた）。彼は手首と肘を使い、たった一度の筆の動きでそれをやってのける。その表現の静けさをじっと見つめていると、そこからは奇妙に爆発的な効果が噴出してくることがある。

多くの人々は、こうした展覧会でガイドテープを聴きながら歩き回ることを恥ずかしがる。知識がしみ出してくるイヤホンガイドのコードを耳に押し込むのは、滑稽に思えてしまうのだ。にもかかわらず、この展覧会ではわたしはそれをやってみた。静かな英語の声が、桃山時代から江戸初期の美術、江戸の隆盛期から中期、一つのホールから次のホール、一つの作品から次の作品へと、わたしに随伴してくれた。テープの声は、停めたり巻き戻したりすることもできる。しまいにわたしは、自分が四時間半以上もこの展覧会場にいたことに気がついた。掛け物から日本刀へ、屛風から着物へ、宮廷文化の軽やかで優美な雰囲気から、どんどん陽気になっていく街路の騒音へとさまよったのである。わたしは目を見張り、賛嘆し、眺める。その世界から排除された者の妬みと、その世界を見ることを許された者の享楽を、ときおり同時に感じながら。ガイドの声と展示物とが、わたしを独自の世界へと封じ込めていく。いくつかの作品を、自分はけっして忘れないだろうと思う。たとえば黄金の刀を左右非対称に兜の上に飾ったこの侍の武具などは。それはまるで、進化の過程で出口のない脇道に入り込んでしまい、滅ぼされてしまった、狂った獣の甲皮のようだ。わたしがきっと忘れないと思うのは、吾妻と名づけられた十七世紀初頭の楽焼きの茶碗だ。ここで自分の所轄事項（物語を創作し、書くということ）を持ち出すのは気が引けるが、わたしの『儀式』という小説を読んでくださった方は、わたしがまだ古典的な楽焼きの茶碗を生で見たことがなかったとは、信じたがらないかもしれない。よろしい、そこにその茶碗があった、「わたしの」茶碗、想像していたとおりのものが、手の届くところに。しかし、それに触れることは許されない。茶碗は黒で光沢があり、白い灰のような雲の模様がある。その雲はゆっくりと、ざらざらした表面から下の方へ漂っていき、誘惑するような目に見えない沼の深みへと沈んでいくのだ。

この展覧会場を歩き回っているあいだに、わたしはノートに五十ページ以上ものメモをとっていた。ほとんどのメモは、このテクストを書く際には使い物にならなかった。一つの宇宙を描写するのは不可能なことだからだ。そして、その展覧会はまさに一つの宇宙だった。地理的・空間的に閉じた世界というだけではなく、時間的にも閉じている。まるで、すべてのもののなかに忍び入ってくる要素である時間のなかに、高くて貫通不可能な壁が建てられていて、その背後でこうした文化が、独自の空気のなかで繁栄できたかのようだった。わたしの最後のメモは、五代将軍綱吉の輿（乗り物）に関するものである。「閉じた籠」とわたしは書いた。まさにこの通りだった。一人の男を閉じこめるための籠、しかもその男はあらゆる者のうちで最高の権力者だったのだ。「その形式へのこだわりと非実用性は将軍政府の狭量さと厳しさを象徴している。しかしその豊かな職人芸は、日本が近代世界で成功することを助けた技術の源でもあるのだ」

わたしは来たときと同じように、船で帰路についた。暴風雨の日で、陸地はまったく見えない。そのため、まるで無限の空間のなかに入り込んでいくような気がしてしまう。人生においてはすべての符牒が合うものであるから、わたしはこの瞬間、井原西鶴（一六四二〜九三）のある小説の最後を読んでいる。それは『好色一代男』というタイトルで、たくさんの有名な版画以上に、あの独裁者の輿の彼方で繰り広げられていた、粋で陽気な生活についてのイメージを伝えてくれる。主人公の世之介は、奔放で享楽的な生活を送っている。ひょっとしたら文章を書く方が、版画を描くよりも多くのことを表現できるのかもしれない。というのも、浮世絵の厳格な様式は個々人の特徴をかえって見えにくくしてしまい、生き生きとした個性たっぷりの人々や、好色な人々がいる日本には席を譲るからだ。あるいは、すでに引用した誇張法をもう一度使用するならば、「様式化」や「非人間性」は西鶴の世界からは消え去っている。ここに描かれている日本は活気があり、沸き立っている。そして、警察国家のイメージさえも、一瞬揺り動かされてしまう。「暴君」への批判が自由にあけすけに書かれていて、当時の独裁的な政権の下での出版は考えがたいほどだからだ。小説の終わりは陽気で、ついフェリーニを思い出してしまう。たっぷりと恋愛や陰謀や冒険、踊り子や未亡人や娼婦たちとの逢い引きを愉しんだあとで、世之介の欲望は尽きる。彼は一緒に楽しみを分かち合った古い友人たちを呼び集める。一艘の船を造らせ、女性たちの下着で作った帆を装備させ、かつての恋人たちの思い出の品を船に持ち込む。すべてが完成すると、好色な帆を張り巡らす。「どこに行こうか?」と友人たちは尋ね、世之介は彼らに、「女御の嶋」へ行こうと話すのだ。それは実在しない島で、女だけが住んでおり、「その女たちは俺たちのことを、俺たちが疲れて死ぬまで愛してくれるだろう」。「こうして」とこの本の結末は語っている、「天和二年(一六八二年)十月終わりのある晴れた日、船は永遠に陽気な冒険家たちの面々を乗せて港を出て行き、果てしない水平線へと向かっていった。そして、二度と戻ることはなかった」

この図によってわたしの江戸時代のイメージはようやく完成する。そう感じながらわたしは甲板に上がり、荒々しい灰色の波の踊りのなかに「女護の嶋」の幻影を探し求めたのだった。

一九八一年十二月

冷たい山

もし、いまとは別の人生を与えられることがあるなら、それは文字の違う国で送る人生でなければならない。剰余価値、美的な外観。書かれた文字が、その書かれ方によって、本来の意味とは別の何かを意味し、主張し、呼び出すような場所。「書」の世界。そんな場所で、新しい人生を送ることができたらと願ったものだが、かなわなかった。わたしはすでに「もう遅すぎる」年齢に達していた。悲しむ必要はない。「もはや、けっして」という事態にも、独自の苦い魅力がある。

こうした考えがわたしの脳裏を横切ったのは、妻籠という長野県木曽地方南部の村の、ある部屋のなかだった。この部屋には椅子がなく、寒かった。わたしは膝立ちで、「ハイグレード・ノートブック」と表紙に印刷されたノートに、文章を書きつけていた。表紙は明るい茶色で、包装紙みたいだ。三本の線が引かれていたが、そこにどんな表題を書き込むべきか、わたしにはわからなかった。だから、何も書かないことにした。ノートのなかには、別の罫線が引かれていた。「書」なしに生きねばならない者、いまこの瞬間に椅子も机もないので、いささか滑稽な姿をさらしつつ書かなければならない者への、小馬鹿にしたような補助線である。しかし、誰一人わたしを見ているわけではなかった。罫線は、言葉を欲している。まだ存在していないこれらの言葉を書こうとする人間が、そのために深く屈まなければいけないとしても、おかまいなしだ。わたしは、昨日あったことについて考えていた。

わたしが東京で計画したのは、一つの宿から別の宿へと移動する旅だった。それぞれの「民宿」のために、駅からその場所までの行き方、つまりストラテジーを書いたコピーをもらった。民宿の主《あるじ》はほとんどと言っていいほど英語を話さない。それでも彼らは、我々外国人観光客が通常どんな分野において愚かな行動をとるか、熟知していた。旅行はそんなに簡単ではなかった。乗り換えるのも、遠方の田舎町に到着するのも。あそこにバスが停まるはずだという。受け取った案内と書いてある文字とを見比べる。とてもよく似ているけど、ほんとに正しいのだろうか？　これは妻籠行きのバスなのだろうか？　そうだ。日本では、すべてが時間どおりに運行している。バスの所要時間がどれくらいか、正確にわかっているのだ。空間的到着と時間的到着が一致するのである。だから、安心して景色を眺めていることができる。

細い道、雨。暗く、湿った森。多くの木々はまだ葉をつけていなかった。平地には車や、屈んで畑仕事をする人々がいた。停留所ごとに、録音テープのアナウンスが流れる。長い言葉の連なりのなかに、妻籠という単語が聞こえたように思った。時計はわたしに、下車する時間であると告げていた。停留所から右へ。キャスター付きのスーツケースが後ろからついてくる。道路を横断する。道の外れ、馬籠行きの道路に面したところに宿があるはずだ。馬籠という文字を、道路標識の字と比べた。合っている。平屋の建物があり、楽しそうな上っ張りを着た石の狸がその前に立っていた。幸福をもたらす像らしい。わたしは一種の店舗のようなところで、いささか途方にくれていた。この「民宿」は、わたしが考えていたよりもずっと村から離れていたのだ。こんなふうに雨が降り続いたらどうすればいいのだろう、とわたしは自問した。宿の主人が現れ、お辞儀をした。そして突然、降ってわいたかのように、腰を屈めた女性が彼の横に立っていた。二人は笑って、お辞儀をした。わたしもお辞儀をして笑った。「おらんだ」と彼らは言った。「オランダ」のことだ。そのとおりだ。部屋に案内された。女性は、土間で靴を脱ぐようにと身振りで示した。いくつもの特大スリッパがすでに用意されていた。「おらんだ」から来る人間は信じられないほど大きいから、ということらしい。彼女はわたしに、廊下にあるトイレを示し、そこにおいてあるスリッパを命令するように指さした。きれいなものと汚いもの。部屋用のスリッパをトイレで履いてはいけないのだ。違いは明白だった。というのも汚い場所用のスリッパは、わたしのような馬鹿者がそれを履いて廊下に出ることがないように、左右が紐でつながれていたからだ。それから、女性はわたしを一人にしていった。とても静かだった。彼女はいきなり、音も立てずに姿を消してしまった。部屋は小さくて、わたしのスーツケースがあつかましく見えた。わたしは濡れたレインコートを脱いだが、急にそのレインコートまでが猥褻に思えてきた。ここにあるべき物ではない。分厚すぎる。ここではすべてが、センチメートル単位に分類されているのだ。わたしはその部屋にある物をあらためてみた。障子。和紙を貼った窓で、脇に引き寄せることができる。部屋には障子を通して、灰白色のくすんだ光が差し込んでいた。畳。藺草を編んだマットで、足の下でわずかにへこむ。まるでその下に、とりわけ弾力のある苔が生えているみたいに。部屋の中央にはこたつがある。小さな机で、その周りに四枚の平らな座布団が置かれている。こたつ板の上には簡素な布が広げられていて、その上に光沢のある丸い盆が載っている。部屋のなかは寒い。暖房はどこにも見あたらない。でも、こたつのなかに小さな電熱器があることはわかっている。部屋の光景を損なわないために、わたしは自分の荷物をできるだけ多く押し入れのなかに入れようとした。するとそこに、またあの女性がお茶と焼き菓子を持って入ってきた。わたしは自分が何時まで散歩に行けるのか、その後で風呂に入れるかどうかを知りたいと思った。そして、その女性と時計を指さしながらパントマイム劇を演じた。彼女は片手の指を広げて挙げ、もう一方の手を斜めに重ねた。わたしは腕時計の文字盤を指さした。彼女はまるで時計なんて一度も見たことがないというような態度をとった。わたしたちはそのあいだじゅう、ずっと笑っていた。彼女はお茶を注いでお辞儀をした。彼女がいなくなってから、わたしは膝立ちのままで熱い緑茶をすすった。するとまた突然彼女が、お詫びの言葉をつぶやきながら部屋に入ってきて、こたつのなかの電熱器のスイッチを入れ、足を伸ばしてこたつに突っ込むようにとわたしに指示した。二十分後、わたしの背中は氷のように冷たく、両足はやけどせんばかりになった。わたしの正面にある壁のくぼみ、いわゆる床の間には、毛筆の掛け軸が掛かっていた。わたしのなかにふたたび羨望の気持ちが湧き上がってきた。白と黒の闘い。あたりを取り囲み、すべてを浸食するような無に抗して書かれる、文字の闘い。わたしにも、そのような闘いができたらと思うのだ。しかしわたしには、四つの英単語が表紙に書かれたHigh grade Note bookしかなく、そこにこの日のハイグレードな記録を書き記すしかないのだ。日本語の知識がないわたしには、書はまるで空虚で見栄っ張りな訓練をしているように見える。純粋な形としての文字の模倣。意味を言語から汲み取ることのない、機械仕掛けの日本趣味。

自分がどうしようもなくよそ者だと感じる瞬間がある。わたしはそんなふうにして、十畳にも満たない自分の部屋に座っていた。障子が少し開けられていたので、たくさんの雲で埋まった不機嫌そうな空が見えた。雨音だけが耳に聞こえる唯一の物音で、民宿のなかでは何もかも死に絶えたようだった。畳は、ほんとうにまだ少し藺草の匂いがした。わたしはそこに座って、ぼんやりと前を見ていた。数百万の人々が行き交う東京で過ごしたあとでこの場所にいることは、完璧に対照的なプログラムだった。わたしには、それをどうしたらいいのか、まだわからなかった。五時だ。あの女性の言ったことをわたしが正しく理解したとすれば、まだあと一時間半、散歩に行けるはずだ。土間で、わたしは懐かしい自分の靴を見つけた。ふいに、あの女性が幽霊のようにふたたびそこに立っていて、小さすぎるオレンジ色の傘をわたしに差し出してきた。わたしは村へは行かずに、左側の、馬籠の方向へ歩いていくことにした。馬籠へと続く林道があるはずだった。自分の状態を意識する前に、もう道に迷ってしまった。でもそんなことはかまわない。いまは、目的地など持たない方がよかった。雨が、小さすぎる傘を叩いていた。古い絵画で、そのような光景を見たことがある。雨のなか、唐傘という、油紙を使った古風な傘をさして前屈みになった男たち。唐傘とよく似たものを、ビルマでは僧侶が日傘として使っている。羊皮紙のような硬い紙の上だったら、雨音はどんな響きを立てるだろうか。太鼓や鞭の音のように聞こえて、道連れができたような気がするかもしれない。道はゆっくりとカーブを描いて上り坂になっていた。ほとんどの木はまだ葉をつけておらず、雨のベールのなかでとても繊細にほっそりと立っていた。実際どんなものなんだろう、ある種の風景は、特別な描き方を要求するのだろうか？　あるいは、人が風景から受ける印象は、その前に見た絵画に影響されるのだろうか？　あの丘陵はほんとうに他と違う形をしていて、奇抜かつ急峻に、霧がかかる彼方にそびえているのだろうか？　それともわたしがしょっちゅう日本の絵画を見ているから、そんなふうに見えるだけなのか？　そして、逆の質問も出てくる。ここの自然はほんとうに、唐突でありながら洗練された筆のタッチで自らの姿を紙に写し取らせたのか？

長谷川等伯のいくつかの屏風絵が思い浮かぶ。わたしはそれらの絵を、ようやく昨日、東京の国立博物館で見たのだった。十六世紀末から十七世紀初めにかけての作品だ。いまもあたりを見回してみると、見えるのは屏風絵ばかりだった。誰かが気を利かせて、宵の口の絵を掛けたかのようだ。そしてその上に木の精を描いたのだ。松の木だった。屏風に描かれていた松の木が、ここにも何本か見えた。近くにあるものは黒々と、離れているものはどんどん明るい色づかい、もしくはより軽やかな動きで描いている。ひょっとしたらたった一色しか使っていないのかもしれない。すべてを包み込み、緑がかったり灰色だったりすることもできる黒。地面から生えている木、空中に浮かんでいるように見える木、いつも一本ごとの木があり、それと同時に森全体がある。

両足が濡れた地面に食い込む。小さな傘は、もうとっくに雨よけの役を果たさなくなっていた。骨の髄まで寒さが浸透してくるのを感じる。道の分岐点に一本の木の幹が立っていて、そのなかに文字が刻まれ、白く塗られていた。カーブや丸みを帯びたその文字は、わたしを笑い者にする。文字は何かを伝えているのに、わたしには理解できない。文字は大声をあげて、頭の上にオレンジ色の物をかざした馬鹿な男のことを笑いのめした。わたしは二本の道のうち、険しい方を行くことに決めた。渓流の音が聞こえるが、見えない。突然、鈴の音が聞こえてきた。わたしは足音が聞こえるのではないかと身構えた。雨雲のなかから人の姿が現れるのではないかと。しかし、鈴は風に揺らされたのであって、ヤギの首や人の手が鳴らしたのではなかった。閉めきられた家の軒先に、鈴がぶら下がっていた。誰もいない。わたしは縁側の片隅の濡れていない場所に、膝を体に引き寄せて座り、鈴を見上げた。風が触ると、鈴は揺れる。いや、いまここで、後になってそのことを書きつけながら、鈴の響きを模倣する必要はないだろう。その瞬間を表す言葉をわたしは探した。浮かんできた言葉はpoignancy（哀切）だった。まるですべてが、旅の全体が、この瞬間に集約されていくようだった。それゆえ、身動きせずにずっと座り続けたまま、この瞬間が永遠に続くことを願ったのだった。このような鈴は風鈴と呼ばれている。わたしはふと、この前風鈴を聞いたのはどこだったかを思い出した。ニューメキシコの砂漠でワゴン車で生活している画家、ブルース・ラウニー（一九三七年生、カリフォルニア出身）のところだ。彼は一人でそこに住んでいて、彼の言葉によれば静寂にアクセントをつけるために、風鈴を持っている。Poignancy。もののあはれ。事物が持つパトス。

不幸なことに、わたしはいつも間近な丘だけを見ようとして、その背後にもう一つの丘陵があることをいまだに悟れない性分である。わたしは何を期待しているのだろう（それもこんなに長い時間）？　特別な出会い、奇跡の風景、海？　おまえは、自分の頭で考え出せない何かを期待しているのだ、愚か者め。家に戻れ（家だって？）。びしょ濡れだし、もう暗くなる。あたりは暗い穴になってくる。茂みや小枝などの姿を飲み込んでしまう穴。茂みや小枝は突然なくなってしまって、森が縮み、こちらに向かってくる。でもわたしはもっと先に進みたいと思う。すると道が激しく迂回しながら下りになった。わたしは空き地に入り込んだ。また一軒の家があり、前と同じく閉めきられている。この地域にはそもそも人が住んでいるのだろうか？　その家は古い。木材は、あたりを浸し始めた夜の闇と同じくらい黒い。詩のように見えるテクストが書かれた標識がそこに掛けられている。家の横には濡れた畑があり、雨から守るために藁がかぶせてあった。焼けこげた丸太、切りそろえた竹の束。わたしはその詩を読むことができない。だから、日本の遊びの伝統に則って、自分で詩を作ってみた。

山中の廃屋
藁を切りしが我ならば
ここに住みたるも我ならんや？

すると自然がただちに応答した。一羽のノスリが家の背後の木から、ゆっくりと飛び立っていったのだ。

梢は翼を広げ
飛び去っていく……
馬籠に近い丘の一羽のノスリ

実際に馬籠の近くにいたわけではなかった。近くだとしても、どこだったのか？　いまや、わたしを好いている幽霊たちがやってきた。道は広くなり、細いアスファルト道路とつながった。赤いよだれ掛けを首に巻き、藁で編んだ笠をかぶった小さな石の男がそこに座っていた。よだれ掛けは濡れ、笠は水でふやけていたが、彼はそんなことは気にしていなかった。彼は石でできた足を完全に水平にして組み合わせていた。目は閉じて、コートのひだ取りからのぞいている右手には一本の杖を持っていた。彼の呼び名が地蔵であることを、わたしは知っている。彼の名前の二つの文字は、大地と子宮を意味している。あるいは揺りかごと墓を。両者のあいだにいる地蔵は、小さな禿頭の神であって、わたしたちを守るといわれている。地蔵はほんとうにそれができそうに見える。神、山の精、あるいは地域の守り神。わたしには彼が必要だ。家に戻らなければいけないのだから。地蔵の無限の穏やかさを、ほんのちょっとばかりかき乱そうとしてみた。地蔵の前にはふやけた菓子が二つ並んでいた。わたしは空手でここに立っている。でも彼は、お布施があろうとなかろうとどうでもいいらしい。というのも、農家の人が乗った一台のジープがわたしの目の前で停まってくれたのだ。運転手はわたしをじろじろ見て、質問するようにハンドルから両手を離した。わたしは笑い、馬鹿っぽい傘をたたむと「妻籠、民宿」と言った。彼は六つの丘を越えて車を走らせた。そして、わたしたちはあっという間にそこに着いた。わたしはそれほど遠くまでは行っていなかったのだが、でもとても遠いところにいたのだ。

民宿に戻ると、食事の匂いがしていた。他の客はあいかわらず見あたらなかった。いまは入浴時間なのかもしれない。部屋には浴衣が出してあった。青い木綿地でできた、軽い着物だ。わたしは着替えて、下に降りていった。自分の前を進む鈴があればいいのにと思った。わたしはそれほど体格が大きいわけではないが、建物がこんなに小さくて、自分がまだ周りの環境に馴染んでいないときにはとりわけ、自分の存在を無様でぎこちないものと感じてしまう。他の人はわたしを見てぎょっとするかもしれない。しかし、例の男がすでに、どうやらあとで食堂として使われるらしい薄暗い部屋のなかに立っていた。

「お風呂?」とわたしはためらいながら尋ねた。

「はい!」

ヨーロッパのバスルームにおいて、湯に入る前に湯船の外で隅々まで体を洗い流し、ヨーロッパ人の感覚からいえば大変な混乱を引き起こしてしまう日本人のエピソードには事欠かない。また一方で、日本において、清潔な湯を石けんと体の汚れで台無しにしてしまい、日本人の目から見れば恐ろしい失敗をしてしまうヨーロッパ人の話も枚挙にいとまがないのである。わたし自身は、もうそんな失敗はしなくなっている。どうやって恥と恥辱を避けることができるのか、両方の側がアドバイスを受けたのである。わたし自身は、風呂の入り方を暗記した。体を洗い、磨き、こすってから、裸身にひとかけらの汚れもなくなるまで洗い流す。それからようやく、湯船に入れるのである。日本人がその場にいると、注意してこちらを見ているのがわかる。ヨーロッパ人の悪評は広く知れ渡っているからだ。公衆浴場などでは、前もって徹底的に体を洗ったにもかかわらず、ヨーロッパ人が湯船に入ろうとするまさにその瞬間に出ていく人もいる。わたしにも、そんなことがあった。しかしこの民宿では、わたしは一人きりである。浴室は狭すぎる。どうやらここでは交代に風呂に入るのかもしれない。風呂は確かに共同ではあるが、その共同性が同時に発揮されるわけではないのだ。民宿の男はわたしに、どこに浴衣を掛けておくべきかを示し、石けんとブラシと水道とわたしを指さした。わたしが座るべき三本足の木の椅子。頭に湯をかけるのに使うべき木の桶。片隅には少し威嚇するように、長方形の木の湯船がある。輝く湯が上まで張ってあって、見えない開口部から絶えず補給されているらしく、何も見えないけれど、小さな水音が聞こえている。湯気が上がっている。丘陵地帯の霧と同じくらいの濃さだ。湯が非常に熱いに違いない。わたしはあらかじめ定められたレッスンをくりかえし実行する。洗い清める儀式、お清め。わたしはこの地上で一番清潔な人間になった。もちろん日本人は正しい。自分の垢で汚れた湯のなかに座り続けるわたしたちの習慣は、なんと愚かなのだろう。そんなことをしていては、罪や汚れ、時の流れなどから逃れられない。列車やバスの旅、泥のなかの散歩、イライラした神経、インクの黒い汚れ、自分の「人生」を洗い流した後、生まれてからいままでで一番清潔な体になって、わたしはようやく、ある種のためらいを感じつつ、風呂に入ろうとする。猫のように片手を湯のなかに入れてみる。そして、ただちに悟る。このなかに座るのは不可能だと。あり得ない。というわけで、わたしは用心深く片足をそのなかに突っ込む。足が茹で上がると、くるぶしまで入れ、よく歩くがっしりとしたふくらはぎを入れ、腿肉を入れる。いまや人間の切り身だ。腰肉、あばら、胸肉。詩人の肩肉。首肉の蒸し煮。尻肉も、座骨の隆起も、上腕も、乳首の先端も、反対側の腿も、膝の裏も尻も、すべてが煮えて、じゅうじゅうと音を立て始めるまで。わたしはしばらくのあいだ、唯一湯の上に出ている部分における思考を通して、これらのプロセスに精神的距離をおこうとした。しかし、それはもう遅すぎた。首と鼻翼と頭頂のあいだには、もはや秩序を維持してくれる器官は存在しなかった。そして、その下にあるすべてが、度を超えた熱さのなかで溶けて流れ出していた。わたしの精神は分解した。

旅行者であり、記述者である自分の、人格そのものが解体されていった。その結果、三十分後に共同の食事のために席に着いたのは、もはや何者ともいえない人物であった。共同の食事は、他の客がいなかったため、ただ一人、この何者でもない人物に供された。何者でもない人物は幸福だった。大きな巻き貝の身を箸でつついて殻から出した。そして、心配そうな宿の主人に向かって、まだ残っていた自分の口に、エレガントな鯖の刺身をどうやって運ぶべきか、ちゃんとわかっているのだということを示した。どうやって吸い物をすするのか、どうやって蟹のシンメトリーを破壊するのか、いぶした鶏肉をどうやって大きな歯で焼き鳥の串から外すのか、彼は心得ていた。そして、一粒ずつの米を箸のあいだに挟むことさえできた……まさに奇跡である。やがて、七時半とかそんな時間になって、彼がくりかえし言った「すみません」という言葉に応じて運ばれてきた日本酒の徳利が、風呂上がりの熱を保ち続けてくれた。何者でもない誰かが部屋に戻ると、こたつはもう片付けられていた。そして布団が、奇妙なほど部屋の中央に、畳の上に直接敷かれていて、彼はただもうそこに横になればいいのだった。夜であった。部屋のなかはとても寒く、吐く息が白くなった。しかし、彼はそんなことは気にしない。

闇も、静寂も、そのなかに聞こえてくる雨音も、気にならない。まだ少し、明日のことを考えていたいと思う。しかし、その思考もうまく形にならない。そういうわけで、彼は輪郭を失い、あらためて眠りのとばりの国へと流れ出ていったのだった。

日本の風景には、霊たちによって生命が与えられている。という考えは空想に過ぎないかもしれないが、いたるところにある地蔵やお堂、社、記念の石などによって、その思いがかき立てられる。都市にもそのような地蔵や社があるが、ここの自然のなかでは、それらのものは風景とのつながりのなかにすっかり入り込んでいて、風景を一段階高め、精神化したものを表しているようにさえ思えるのだ。わたしは朝早く宿を出た。今回は迷子にならないつもりだった。いまあるのは夜の到来を告げる闇ではなく、夜が残していった闇であり、それは次第に森から退却していこうとしている。わたしはまず初めに、旧街道をしばらく歩いてみた。妻籠と馬籠はその道沿いにあり、休憩所や関所のある場所だった。その後でわたしはハイキングコースに入り、木でできた道標の上でいつも同じ文字をたどっていくように気をつけた。ときおり、石に描かれた地図にも出くわした。

しかし、それを自分の持っている地図と比較しようとすると、どうしようもなく混乱してしまうのだった。唯一読み取ることができたのは距離を表す数字だけで、地名ではなかった。わたしの後ろには南木曾の山が輝いていた。目の前には恵那山があった。山々は見え隠れした。ときどき道が川と交差した。その川は、わたしの考えでは木曽の方に流れているのだったが、どうしてそう判断するのか自問せずにはいられなかった。水は透明に輝きながら、苔むした岩の脇を流れていた。急勾配の岸辺で羊歯や葦が静かに風にそよいでいる。わたしはいたるところでそのような渓流を目にした。常に姿を変える水には、それが「水」ではなく「木曽」と呼ばれていることを知ってしまうと、どんな違いが見いだせるのだろう？　しばらくのあいだ石で固められた道が続き、ローマ帝国の軍用道路を思い出させた。それから木の丸太で作った階段が現れ、ふたたび上り道になった。一度、四人の若者に出会ったが、彼らはまるで黒い杉の木の前の、黄色いプラスチックの平面のようだった。彼らの装備は模範的で、戦闘的にさえ見えた。登山靴、杖、プラスチック製の地図、半ズボン、リュックサック。日本人はすべてをプロフェッショナルにこなす。山歩きには山歩きの装備が必要だ。彼らはわたしの、まったくカジユアルな外見に驚いていた。それでも立ち止まり、答えてくれた。ええ、自分たちは妻籠へ行く途中です。あなたはきっと馬籠へ行かれるのですね？　ええ、わたしは馬籠へ行くつもりです。でもそのあとで、また妻籠へ戻りたいのです。すると彼らはジェスチャーを使ってわたしに説明した。バスがあります。列車もあります。バスが。グッバイ、グッバイ、さよなら。わたしたちの声は、風に吹き消されていった。突然わたしは、誰かがそばにいればいいのにと思った。日本人の話し相手がいれば。ちょうどわたしのような人間、ただ、日本語ができる人で、小さな秘密からベールを取り除くことができる人物。そんな人と一緒に南リンブルク地方（オランダ南部）を歩く様子を想像してみた。彼は穀物畑のまんなかで立ち止まり、交差した角材につけられている、白く塗られた鉄製の男はいったい何なんだ、と尋ねるだろう。その後で小さな礼拝堂のそばを通りかかると、ガラスの向こうにはマリアの石膏像があって、その前に麦の花が一束供えられており、彼は自分の国の吉祥天のことを思い出すかもしれない。わたしは彼に、これはあの十字架につけられていた男の母だよと説明するだろう。そうか、でもキリストっていったい何者なんだ？　と、彼は知りたがるだろう。もちろんわたしだって、地蔵が何者か、観音が何者かは知っている。しかし、わたしが想像する日本人の男は、それが風景に「霊の姿を与えたもの」だということに、日本にいながらにして気づくことは少ないのではないか？　わたし自身が、リンブルクでそのことを意識しないのと同じように。これらのものたちはあまりにも常にそこにいるために当たり前の存在になってしまって、彼はもうそれらのものを見ないのではないか？　いたるところに立っていて、人間をじっと見つめることもせず、自らの内にこもって夢を見、思考し、黙想しているこれらの像たちを？　夢の光景、別の人生の暗示。そうだとしても、異質性ゆえに、謎ゆえに、わたしはこの土地にあって、それらのものに対し敏感になっているのである。ときおり、文字に書かれた答えが与えられる。そうした情報のおかげで、わたしはたとえばこの木造の小さな寺が「倉科祖霊社」という名であることを知る。この寺は、一五八六年にこの場所で殺害された倉科七郎左衛門の霊を慰めるために建立されたという。わたしはぜひその男のことを考えてみたいと思うが、彼が何者であったのかは知らないのだった。やがて、妻籠よりも四百メートル高い馬籠へと向かう山道の登り口に、かつての関所の跡が見える。一七四六年以降すでに、絶滅の危惧のある五種類の木に関して、それを切り倒すことが禁じられていたのだそうだ。日本人は我々より前から、自然とうまくつき合っていたようだ。一種のオープンギャラリーのような場所で、わたしは一枚の風雨にさらされた、ぼろぼろになりかけた写真を見た。二人の男性、詩人だか賢者だか、とにかく透明になってしまった男性たちが花咲く茂みの横で一本の木の下に座り、鶴に餌をやっている。鶴は水のなかに小さな波や渦を起こしている。木は見事に枝分かれしている。半分開いた赤い扇のように見えるのは太陽だ。男性たちはすっかり透明で、海か湖が彼らの体を通して描かれていて、あたかも彼らがすでに自然のなかに消え去ろうとしているかのようだ。まさに言葉の元の意味のとおり「高貴」（ここで使われているドイツ語のdurchlauchtは、「光が透過する」という言葉から来ている）なのである。

　そこから道はまた下りになる。恵那山が左手前方にあるが、関わりを持つには遠すぎる距離だ。男滝か女滝の音が森のなかに聞こえている。馬籠の最初の家屋が見えてくる。いまやわたしも、徒歩旅行者が持つ普遍的な感情を持つにいたっている。たとえば十八世紀、シュヴァルツヴァルトでイタリア人が抱いたような。あるいはスティーヴンソンがセヴェンヌでロバと一緒に歩いたときのような。わたしは休憩所を探す。休憩所以外の言葉は思いつかない。やがてそのような場所が見つかる。白い割烹着を着た五人の女性が食卓のそばにいて、全員がわたしの食事を用意してくれようとするのだ。小さな部屋のなかにはごうごうとうなりを上げるストーブがあって、銅製の巨大なやかんが載っている。部屋の隅には汁をすすっている農民が二人いる。壁には何枚かの小さな板が掛けられ、そこに読めない文字で料理の名前が書かれていた。わたしは運に身を任せ、真ん中の一枚の板を指さした。魚の切れ端と麵の入った湯気の立つスープの鉢が運ばれてきた。わたしがどんなふうに食べるかをじっと眺めている五人の母たちがいる。彼女たちはお茶や酒を運んできてくれて、どこで中津川行きのバスに乗れるか、南木曾行きの列車はどこから出るか、すべてがどのようにまた始まるかを教えてくれる。永劫回帰。

中津川。これまでその存在すら知らなかった場所に来ると、ひどく幸せな気持ちになる。ここはわたしの目的地ではなかったけれど、わたしはいまここにいる。駅前広場では、二人のタクシー運転手がブリキ缶に火を起こしている。信号は、青のときにはツグミの鳴き声のような音を立て、赤のときには「カッコー」と呼んでいる。輪郭のにじんだ山が四方を囲んでいる。長い紺のスカートをはいた女子生徒たち。ある家の窓には本が積まれている。一番上にはダン（一五七二年生、一六三一年没の英詩人ジョン・ダン）からジョンソンまでの、英語の抒情詩集がある。わたしは欲望に身を焼かれそうになるけれど、あえて行動は起こさない。でも気になる。どこにも、この本以外に自分が読めそうなものは見あたらない。ぶらぶらと歩き回る。わたしの理解が正しければ、ここには一時間滞在できるのである。それからわたしは、突然信じられないようなものを目にする。まるでデン・ハーグの市立博物館のショウケースでもありそうな二枚のショウウィンドウが現れたのだ。それは菓子屋のショウウィンドウだった。和菓子でどれほど美しい展示物が作れるかという、美のクライマックスにほかならない。溶けてなくなってしまう芸術品の、その場かぎりの美術館。中津川の松月堂。この町についてのカタログを作りたい人は、これを外すわけにはいくまい。この品は何という名前なのだろう？　白黒の地に黄土色の大理石模様が入った製品で、突然良性に転じた恐ろしい病気のような代物だ。なかなか食べる気にはなれないだろう。その完璧さが、食べることを禁じているのだ。象徴的な意味を込めて、わたしは店内に足を踏み入れる。そして、店番がいないことに驚き、そこに展示された品々を観察する。幾何学模様、色遣い、小さなクリスト（一九三五年生まれ、ブルガリア出身の「梱包」で知られる芸術家）たち、新野獣派の浄化されたパレット、ショーンホーフェン（一九一四生まれ、九四年没のオランダ人アーティスト、ヤン・ショーンホーフェンと推測される）の陰影をつけた白い線。二十世紀の芸術品を二百グラム購入して、わたしはまた外に出る。でも、見ている人がいなくなるまで、それを口にする勇気はない。

その列車は古い。緑色に塗られた各駅停車だ。わたしが先ほど歩いてきた道は、どこか右手の方にあるに違いない。南木曾から妻籠行きのバスに乗り込むのはもう二度目だ。わたしは通勤者で、毎日こうしているというわけだ。でも今回はすぐに民宿を目指したりはしない。寺の境内を通り、スペイン北部アストゥリアス地方の山村を思い出させる古い木造民家の脇を通り過ぎ、上下に積み重なった死者の墓のそばを通る。砂利がわたしの歩みに答えて音を立てる。夕方の最初の明かりが灯り、川から霧が立ち上って、徳川時代の役人が法律や禁止事項を記し、かつてここに立てた高札の周りに絡みつく。霧は橋の周りをのたうち、歩道に沿って流れ、わたしを包み込んで宿まで送り届けてくれる。わたしは自分の靴を、四足の登山靴の隣に置いた。登山者たちはすでに入浴を済ませていた。一緒に夕食をとる時間だった。笑いつつ、お辞儀しつつ、味わいつつ。言葉を使わない人間同士の親睦が生まれていった。酒が雰囲気を盛り上げ、風呂が足りない部分を補ってくれた。今夜はすぐに床に入ることはすまい。今夜は一編の詩を翻訳することにする。民宿のなかで若い人々のくぐもった声を耳にしながら、わたしは中国の詩人寒山の詩に取り組んだ。唐の時代に隠者となって天台山の麓に住んでいた人だ。

人は冷たい山への道を尋ねる。
冷たい山。そこへの道はない。
夏にも氷が解けることはなく
昇る太陽も踊る霧のなかで霞む。
どのようにしてわたしがそこにきたか、と問うのか?
わたしの心はきみの心と同じではない。
きみの心がわたしのようであったならわかっただろう、
もしそうならきみはすでにここにいただろう。

冷たい山に登っていくときには
冷たい山への一筋の道が先へ先へと導く。
薊《あざみ》と岩だらけの長い渓谷、
雨が降ってもいないのに苔は足を滑らせ、
風が吹いてもいないのに松は歌う。
誰かよく世間とのつながりを断ち切り
白雲のあいだにいるわたしの傍らに座る者がいようか?

冷たい山は一つの家、
梁もなく壁もなく。
左右の六枚の扉は開け放たれ
床板は青い空、
部屋はすべて空っぽで形もなく。
東の壁が西の壁と接し

中央には何もない。

冷たい山で隠遁し
一生のあいだ山菜と木苺で腹を満たすとしたら
なぜ憂う必要があろう?
誰もが最後まで自分の運命に従い、
月日は水のように流れていく、
時間は火打ち石から発した一つの火花に過ぎない。
きみはめくるめく世界をただ歩んでいくがよい、
わたしはここに座る、幸福に、一人で、石に囲まれて。

冷たい山は初めからわたしの住処であった
丘陵のあいだをさまよい歩き、喧噪から遠く離れて。
過ぎ去るのだ、多くの事柄は痕跡すら残さない。

離れるのだ、すべてが無数の星のそばを流れ去っていく。
無一物、しかしてそれはわたしの前にある。
いまやわたしは仏陀の珠玉の教えを知る、
そして、限りなく完成され、零《ゼロ》のように円い、
その実践の道も。

一九八七年二月

随筆

「唐錦。飾り太刀。作り仏のもくゑ。色合ひよく、花房長く咲きたる藤の、松にかかりたる。六位の蔵人こそなほめでたけれ。いみじき君達なれども、えしも着たまはぬ綾織物を心にまかせて着たる青色姿などの、いとめでたきなり」（『枕草子』第九十二段から）

そこでわたしはふと読むのをやめた。ろうそくの明かりの下、潮騒が遠くから拍手のように聞こえていた。わたしはシンガポールからバスでマレーシアの海岸にある町まで旅をし、そこから小さな漁船でプラウ・ティオマンに渡った。穏やかな南シナ海を島まで移動するのに三時間かかった。漁船は海のなかに突き出した長い桟橋の横に停まったが、わたしはそこで下船したくなかった。ある人から、もっと北の方にある小さな場所の話を聞いていたのだ。そこはとても静かだと聞かされた。そして、実際にそのとおりだった。ジャングルに囲まれた海岸。イスラム教徒の管理人が海岸に小屋をいくつか建てていて、わたしはその一つに泊まることができた。黄色い光を放つ裸電球は、点《つ》いたり点かなかったりした。マットレスが一枚床に敷かれ、崩れそうなベランダからは海が見える。クアラ・ルンプールから来た生徒の集団がいたが、翌日にはまた姿を消した。洗面所は外にあって、海岸の反対側の端に宿泊しているドイツ人と共有だった。彼は一日中ハンモックに横になり、本を読んでいた。村はなく、激しく繁茂し、賑やかに耳をつんざく音を立てているジャングルが始まるところまで、数軒の小屋があるだけだった。アルコールはない。夜はまったく静かで、昼は暑さが充満した。ゴーグルをつけて珊瑚礁の上を泳いだ。海岸を背にして、椰子の木が柱のように一列に並んでいる。夜も発電機の音は聞こえるが、遠くから桟橋に灯っているのが見えた白いネオンライトは、わたしの小屋までは届かない。そこでわたしは外に出て、自分で海に潜って見つけた大きな二枚貝（トリダクナ）の殻に立てたろうそくの明かりで本を読んでいたのだ。その本は、十世紀の日本の宮廷女官、清少納言が書いた日記だった。そうやってわたしは、いままで旅してきたビルマの印象を静め、日本の旅に向けて準備をしようとしていた。二つの旅のあいだには数日間しかなかった。わたしはある虫に嚙まれ、時限爆弾を半年間体内に抱え込むことになったのだが、当時はまだそれに気づいていなかった。とりたてて何をするということもなく、もう先へ進めなくなるところまで森のなかを散歩したり、椰子の木の下に座って潮の干満を眺めたりしていた。とりわけ夜になると、自分以外の世界がまったく存在していないような感覚に襲われた。あそこほどたくさん石がある場所は、ほかにあり得ない。ろうそくはごく手近な周囲だけを照らした。そのおかげでわたしは、他の時代と他の場所についての想像に没頭することができたのだった。わたしは自分が座っているところにはおらず、目に見えない客として千年以上前の日本の宮廷生活を観察していた。タイムスリップである。やがて、船が迎えに来て、またそこから発つ日がやってきた。船、おんぼろバス、飛行機。いま（それが「いま」であるということにしておこう）わたしは、アジア上空を東京に向かって飛行している。ゆっくりと、中国という茶色い大地の塊が、視界から消えていく。わたしは、自分が読むのを中断した場所を見つける。「蔵人になりぬれば、えもいはずあさましくめでたきや。宣旨持てまゐり、大饗の甘栗の使などにまゐりたるを、もてなしきやうようしたまふさま、いづこなりし天くだり人ならむとこそおぼゆれ」わたしは窓の外を眺め、自分がやっていることは気違い沙汰だと考える。どうして清少納言の記述を読むことが、千年後の日本への旅を準備することになるのか？　目を閉じれば、自分を待ち受けているものが浮かんでくる。東京の野卑なせわしなさ、空港やバスのなかで際限なくくりかえされる、機械的な若い女性の声。どうして、もはや存在しないものを探し求めようとするのか？　前にもこうしたことがあったのではないか？

それにもかかわらず、以前と変わらぬ確信をもって、一つの国はいつも新しく生まれるわけではないのだと言うことができる。宮廷があった平安時代から今日まで、長い時間的・歴史的連続があったのだし、日本史はさまざまな常数から成り立っている。そして、古いものは、新しいものの理解を助けてもくれるのだ。それにこの旅行でわたしは、東京にいる時間はできるだけ短くして、地方のもの、古いものを訪ね歩き、わたしの記憶のなかにまぼろしのように現れてくるいくつかの場所を再訪したいと思っているのだ。マーク・ホルボーンが書いたすばらしい本『砂のなかの大洋　日本──風景から庭園へ』には、「清少納言の日記を読むと、平安時代の宮廷生活が、どれほど細やかに四季の変化に対応していたか、暦がどれほど重要な意味を持っていたかがわかる。今日の祭式を見ると、この伝統がいまだに強く残っているのを知ることができる。しかし、自然世界との一体感の源を知るにはもう一つの鍵がある。そこでは、古代の直感的な知にその根を持つとともに、四季の移り変わりとその規則正しさが明確に示されている。その鍵とは、庭園なのである」と書かれている。そうだ、庭園をわたしは見たいと思う。庭園と風景を。山歩きをしたいと思う。そして、『枕草子』、ドイツ語では『枕の書』という意味の日記を読みたい。その本は、「一種の非公式な日記で、男性も女性も、夕方自分の寝所に戻ると書いていた。そして、寝床のすぐそば、おそらくは木箱の引き出しなどに入れてあって、印象などを書き記すためにすぐに手に取ることができるようになっていた」のだそうだ。『枕草子』は日本の典型的な文学ジャンルである随筆、随時機会に応じて書くテクスト、の先駆けとして知られている。随筆の愛好者はいまだに多い。東京に着いたら、わたしも自分の「随筆」を書くために、ノートを買おう。

雨と風、灰色の空。熱帯の後の北方の天候である。何も変わってはいなかった。いまだに、それが真実の肉体に属しているとは想像できないたくさんの声が聞こえてきた。それらの声は時間や目的地を告げ、歓迎の言葉や別れの言葉を絞り出した。ひょっとしたら、ほんとうに誰の声でもないのかもしれない。そうした声はあらゆるバスや列車のなか、エレベーターやプラットホーム、飛行機のなかで聞こえてくる。どうなんだろう、ひょっとしたらこの国では話すことができる一人の女性を組み立てて、日本中のあらゆるメッセージをテープでしゃべらせているのかもしれない。柔らかいアルミニウムでできた女性で、唇にはマイクロチップが埋められ、血管は透明なセルロイドでできている。その声には滝とペパーミントのような響きがある。けっして呪うことがなく、年をとることもない声だ。雨が窓を叩いているあいだ、わたしはその声に自分を包み込ませる。渋滞がひどくて、東京の都心に着くまでにたっぷり一時間半はかかった。バスは皇居の脇を通っていく。堀の背後の高い壁と、かつて一度だけ天皇誕生日に通ったことのある高い門が見える。門の背後の建物は霞んでいる。雨のベールに隠されているのだ。この水に浮かぶ箱船のどこかに、もう二千年も続く、神の系統とされる古い王朝の年老いた子孫が住まっているのだ。清少納言は千年後にもまだ天皇がいると聞いたら喜んだことだろう。たとえ彼がもう神ではないとしても。皇居の周囲三十マイル四方に二千七百万人もの人間が住んでいるのです、と玉を転がすような若い女性の声が言う。バスを降りると、これらの二千七百万人のうちの一人が大きく両腕を広げてわたしに歩み寄り、それから撃たれた雄牛のように地面に倒れた。サタデーナイト・フィーバー。

特派員の奇妙な生活。わたし自身は束の間滞在する外国人に過ぎず、漂いながらそんな生活の脇をかすめて通り過ぎていく。カレル・ファン・ヴォルフェレン（日本では「ヴォフルン」と呼ばれている）は、もう二十年近くもここで暮らしている。彼は「NRCハンデルスブラット」の特派員で、わたしを家に泊めてくれた。彼はあるときわたしの著書『天国はすぐ隣にある』を読み、それがきっかけでその本の主人公同様引っ越すことにしたそうだが、引っ越し先はずっと遠かった。あの本の主人公がどうなったか、わたしたちにはわからないが、カレルはいずれにしてももうオランダには戻らなかった。

彼は庭付きの家に住んでいる。それは、海抜五十センチしかないこの土地では大変な贅沢なのだ。彼には日本人の恋人と、フィロという名の上品な犬がいる。犬にもかかわらずフィロは女性扱いで、カレルは犬を「彼女」という人称代名詞で呼ぶことにこだわっている。フィロはチャウチャウ犬で、栄養が行き届き、見事な毛並みを持っている。「彼女」を連れて散歩に行くのは楽しいことだ。わたしは上下を布団に挟まれて床の上で眠る。それについて何と言うべきか、わからない。「たくさんの持ち運び可能な寝具」とアンゲラ・カーターは言った。わたしもその表現を使わせてもらおうと思う。寒いので、清少納言の本を、指先だけが掛け布団から出るような形で持っている。そもそもその本を読むチャンスがあればの話だが。というのもカレルは、しょっちゅうわたしにあらゆる種類の日本の英字新聞の切り抜きを見せてくるからだ。それらの記事には、彼が同意できない場合には、しばしば悪意に満ちた赤い線が引かれている。当人は簡単に認めないかもしれないが、日本は彼の情熱の対象だ。日本は世界を理解せず、世界も日本を理解しないというのが彼の見解だが、それは実際に当たっているように見える。毎朝、ときにはとても早い時間に、わたしは彼がつぶやきながら、「ジャパン・タイムズ」と「毎日デイリー・ニュース」を広げた大きなデスクで記事に下線を引いているのに出くわす。

そして、それにもかかわらず、話を戻すと（ダ・カーポ）、それは奇妙な生活なのだ。

彼が働いている国は抽象的なものになり、唯一の人間的結びつきは基本的に新聞社の人々と、東京に来る数少ない訪問者だけ。書くものは、穴のなかに消えていく。自分をこれほど豊満に取り囲んでいる現実を、故郷の人たちにもわかってもらえたと感じられるように伝達するのは、しばしば難しいことだろう。おまけに日本は、並々ならぬ解釈を必要とする国である。公式に言われた言葉はしばしば、言われたのとは別の意味を持ち、社会もあまりにも違う構造になっていて、「総理大臣」のような明確な概念ですら、ここではまったく別の意味を持つのだ。そうしたすべてのことをわたしは朝食の際に消化し、日ごとに少しずつ不可思議の世界へと足を踏み入れていく。しばしば、教会法や量子理論の傍系についての講義に耳を傾けているような気分になる。それでも、努力して聞き続けるのだ。夜、カレルが近所で和食やモンゴル料理を食べるときには、一緒に連れていってもらう。そうすればいちいち考える必要はなく、彼がよく通る日本語で店主と料理の順番について話し合うのをただ聞いていればいい。そして、正真正銘の野蛮人のように、座った姿勢をだんだん崩していくのだ。

「春はあけぼの」。清少納言の『枕草子』はこう始まり、そのあとに有名な一連の言葉が続く。これは省略文であって、「春に一番美しいものはあけぼのである」というように読まれなくてはいけない。清少納言は続ける。「やうやうしろくなりたる山ぎは、すこしあかりて、紫だちたる雲のほそくたなびきたる。

夏は夜。月のころはさらなり。やみもなほ蛍飛びちがひたる。雨などの降るさへをかし。

秋は夕暮。夕日花やかにさして山ぎはいと近くなりたるに、烏のねどころへ行くとて、三つ四つ二つなど、飛びゆくさへあはれなり。まして雁などのつらねたるが、いと小さく見ゆる、いとをかし。日入り果てて、風の音、虫の音など。

冬はつとめて。雪の降りたるは言ふべきにもあらず……」

ここに書かれていることは、まったく古びていない。畳に横になっているあいだ、それについて考える機会はたっぷりあった。寒い。それは感じる。障子の向こうに、庭木の影が見える。これほど低い場所で横になっている者は、朝、世界を下から構築していかねばならない。それはいいことだ。自然が日本人に感激している。それも文字通りに。

木々にも小川にも丘にも、神々や霊たちがいる。この国は自然との神秘的な関係を持っている。それは、禅寺の庭にもっともよく表れている。ヴェルサイユの庭園や、もっと規模の小さいところではウィーンのベルヴェデーレ宮の庭に行ってみると、初めてちゃんと違いがわかる。ヨーロッパ人は自然を、言うことを聞かせなければいけない敵のように扱っているのだ。そうしてその屈従を目に見える形で示させようとする。まるで、謁見に臨む連隊のように、完璧で、並外れて見事に揃った左右対称形にすることによって。宮殿の外階段からだと、それがもっともよく見てとれるだろう。刈り込まれた木、戦闘隊形に配置された茂み。自然のなかではけっして完璧な左右対称はあり得ない、という理由だけからいっても、ここにおける左右対称形は一つの呪いである。自ら力を持ち魂のある存在を、無理に幾何学的な形に押し込めることはできない。せいぜい小規模に模倣することによって、その力を高めることができるくらいである。そうすると石が丘や山になり、箒ではいた砂利が海や湖になる。そして萩のほんの一叢が、かつて京都(平安京)の御所においてそうだったように、自然の変化の永遠のリズムを紛れもなく示すものとして、シンボルとなり得るのである。この庭は、いまも存在している。御所の一部、清涼殿（涼やかで明るい居室）。小さな川がその建物の下を流れている。部屋は夏に暑くなりすぎないように、東向きか西向きに作られている。西のベランダの前に小さな中庭があり、白い砂と萩の茂みで覆われている。そして庭の名も、「萩坪」というのである。あらゆる庭園のなかでも、非常にシンプルな作品である。表面は完全に平らで、石は置かれていない。苔もなく、水もない。萩という植物は、想像できるかぎりもっとも平凡なものである。萩は秋に咲き、それから刈り込まれ、春に新しい芽をつける。この庭にはそれ以外の植物がないので、この基本的な変化がすべての注目を集めるのだ。御所の庭の単純な萩が、ただそれだけで四季の移り変わりを表現する。ヨーロッパ人が庭を「満たそう」とする一方で、日本人は庭を空っぽにして、ものごとの本質だけが見えるようにするのである。芸術として、あえて空にするのだ。

カレルの家を一歩出ると、そんな美学はどこにも見られない。わたしは自分の随時の書きもの――随筆――のために、ペンと紙を買いに松坂屋デパートに行こうとする。空っぽな空間などどこにもない。すべてが満杯である。道路も、地下鉄もデパートも。どこに行っても人々に、つまりは彼らの言語に取り囲まれている。言語を解しない国に行くことは、わたしの場合よくあることである。しかし、ここでは何かが違う。簡単に説明はできないけれど。それは、清少納言から芭蕉、川端、谷崎、三島にいたるまで、わたしが翻訳で読んだすべてのものと関係があるのだと思う。合理的な根拠とはいえないが、これまでに読んだものが人々の感情をわたしに伝達し、周りで人々が何について話しているのか、知っているようにさえ思うのである。日本語の初級文法の本を一瞥してから、このハードルを跳び越えることができるかどうか、わたしは自問した。文字のせいではない。文字だってすでに大西洋塁壁（第二次世界大戦中にドイツ軍が建設したもの）と同じくらい高いハードルではあるが、一方でとても美しい。文字ではなくて、この言語のコンセプトのせいなのだ。日本語の動詞には文の主語の数や人称や性を示すような形の違いがない。わたしは行く、きみたちは行く、彼女は行く——これらの異なった主語に対して、「行く」という動詞の形は変わらないのである。意味は文脈から推測する。さらに、ちゃんとした未来形も存在しない。未来の計画を立てるのに、現在形を使うのだ。「東京へ行きました」は過去形だが、「東京へ行きます」は現在形でも未来形でもあり得るのである。

他方では、話者の気分や確信を表す際の多くの可能性がある。それはとても複雑なのだ、と文法の本自体が主張している。しかし、そのなかの一つは少なくとも学んでおく必要があり、それは推量形なのだという。ひょっとしたら、おそらく、何かが起こるかもしれない、という言い方だ。たとえば、「帰るでしょう」という言葉は、「ひょっとしたら帰ってくるかもしれない」とも翻訳できるし、「帰ってくる場合もあり得る」「帰ってくると思う」などとも翻訳できる。それに加えて、話者の言葉にある否定形を区別するための、まったく別の動詞の形もあるのだ。そして、その際にも二つの可能性がある。そっけない言い方と、丁寧な言い方だ。無愛想に言うなら、「本を買った」だが、丁寧に言うなら「本を買いました」。わたしたちの言語では、声のトーンで丁寧になれるだけである。もしわたしが否定形を使って反対の事実を主張しようと思った場合、そっけなく言えば「本を買わなかった」、丁寧なら「本を買いませんでした」と言うことになる。わたしはあらためて、自分が愛読している本の翻訳者たちに感心してしまう。とりわけ古典の、王朝時代の日本語を翻訳したアーサー・ウェイリーや、エドワード・G・サイデンステッカーや、イヴァン・モリスといった人々に。人生は短すぎる。わたしはちょうどルクレティウス（紀元前一世紀のローマの詩人・哲学者）を読み直しているところだ。人生がもう一つあれば、わたしは清少納言を原語で読むことができるだろう。ハデヴィッチ（十三世紀のフラマン語の女性詩人）の詩を原語で読める日本人はいるだろうか？　それともこの比較自体が間違っているだろうか？　ハデヴィッチの神秘主義的な詩のあり方は、わたしにとってさえしばしばわかりにくい。清少納言はセヴィニエ夫人（十七世紀のフランスで、膨大な書簡を書いたことで知られる）と同じくらい明瞭な文章を書いている。そんなことをすべて、地下鉄のなかで、人間たちの体をコートのように身にまといながら考えた。彼らの言語が、うなり、どよめき、押し寄せ、響き、流れ去っていた。おまけにここでは言語というものはいささか別物だ。オランダでは妄想にとりつかれた学校教師たちが、またもや正書法改定によって言語をずたずたにしてしまおうと目論んでいるのに対し、日本では言語は神聖なるもの、触れてはならぬものであって、国民の魂の表れだ。そうした意味では、日本語をほんとうにしゃべれる外国人というのも想定外なのだ。そんな外国人がいるというだけでも、純血のイメージが壊されてしまうだろう。もっともそれは、人種の純血という、ヨーロッパの歴史から見れば望ましくないイメージにも近いのだが。しばしば本にも書かれてきたことだ（たとえばイアン・ブルマ（一九五一年生まれのオランダ人中国学者）の本などに）。日本人にとっては、日本語を流暢に話せる外国人というのは「変な外人」なのだ。そんな外国人は逆説的なことをしてしまっている。彼が日本語を話せることで、日本語の価値が下がり、日本語はもうそれほど独特なものではなくなり、日本人だけのものでもなくなってしまう、というのだ。こうした奇妙な見解は、さらには自らの逆説にも陥りがちだ。たとえば、日本人は世界の他の地域にまで影響を拡大できるように、新しい宗教を打ち立てるべきだという鈴木という人物（鈴木大拙を指すと思われる）のように。「我々がしなければいけないのは、日本語から一つの宗教を創り上げることなのだ――そしてこの新しい宗教を、地上の他の民族のあいだに広めなければならない」そして、まるでそれだけでは充分ではないかのように、角田忠信という医学者の理論まである（一九七八年に出版された『日本人の脳』など）。彼は考えられるかぎりの神経心理学的・神経生理学的な実験を行った結果、「個々の日本人の本来生理的な器官であるところの脳は、長い時間のあいだに聴覚の受容的な機能に関連して激しく変化し、特に日本語に適応できるような状態になっている」という結論に達した。日本人は別の脳を持っている、というのがこの理論の核心部分だ。わたしはその論の正しさを確かめてみたいと思うが、地下鉄の乗客たちの誰一人、そんな調査のために頭蓋骨の風通しをよくしようとする者はいない。

湯島駅で降りた。春日通りを上っていくと、色あせた冬の太陽が、白やピンクの桜の花のなかに見えた。いや、だまされた、花はプラスチック製だ。プラスチックの花が、むき出しの神経症的な木々に結びつけられていた。倒錯だ。あと何週もしないうちに桜の開花が始まるだろう。しかし、商売で頭がいっぱいの輩は、開花まで待つことができないのだ。本物の桜の花は、ゆっくりとした波のように、日本全体を南から北まで通り過ぎていく。あらゆる場所で、同じような興奮が見られる。その興奮のなかで、自然との本質的な同一化が年ごとのクライマックスに達し、束の間の数日間を経て雪のように白い花びらが木々の根元に散り去っていくと、ふたたび消えてしまう。はかなさ万歳！散り去るべき花をプラスチックに置き換える者は、魂を滅ぼす近道を歩んでいるのである。

デパートでは、人々がわたしの前でお辞儀する。そのことはすでにあまりにもしばしば紹介されてきたから、そんな描写から始めようとは思わない。それでも、お辞儀に慣れることはできない。まるで覗き魔のように、わたしは次々に別のエレベーターに乗り換え、どんなふうだか見ようとする。まるでロボットのような若い女性が、エレベーターが停止するごとにお辞儀をし、子どもっぽい声で決まり文句をささやく。日本ではそれが普通であることをわたしは知っているが、普通とは思えない。そこに彼女は立っている。制服を着て、疲れたベニシジミ蝶のように。そして自分という人間のなかに、一人の若者を愛していたり、水泳の選手になりたいと思っていたりする別の誰かを隠し続けている。お辞儀をすることで生活費を稼ぐ女性。「仕事に忠実である」という評価と引き替えに、他のあらゆる自己表現手段を手放してしまった女性。デパートそのものは、ハロッズを六軒とブルーミングデールズを五軒合わせたような大きさで、その贅沢さ、売られている商品の豊富さは人を卒倒させるほどだ。まさしくこの場所において、人はこの国の巨大な富を感じ取ることだろう。ヨーロッパ製品の値段は法外に高い。ワイン、チーズ、生ハム。それらの品々には、消費を促すというよりは、むしろ象徴的な値段がつけられている。買うことなど考えられない。これがおそらく、通商障壁という用語で理解されているものなのだろう。ここにあるのはもはや商売ではなく、一つのコスモス、欲望をかき立てる商品の宇宙なのだ。ここではあらゆるものを手に入れられる。数千グルドもする高価な着物から始まって、マグロの腹身からアンティークの楽の茶碗、パリの淫らな下着まで。商品の世界。もちろんわたしは、自分の探していた物を見つける。わたしの随筆のための、すばらしく美しい下書き帳。すぐさま書き始めることができるだろう。とりわけ目につくのは包装だ。非常に洗練されたパフォーマンス。この国ではしばしばそうであるように、美は細部に宿っている。そのようにして、すべてが宝石になる。細い指が芸術品を作り上げるのだ。人は、店に入ったときよりも美的に洗練されてそこを立ち去る。わたしはまだ少し、その近くを散歩した。鮮魚や干物を扱う市場。見本が展示され、くどくどしい文句とともに吊り下げられている。強い誘惑を感じ、目ですべてを貪らずにはいられない。その向こうの、もう少し静かな通りには、専門店が並んでいた。手仕事によって作られた、漆塗りの箱や着物などが絵画の展覧会のように展示されている。突然、川端の『美しさと哀しみと』の一節が浮かんできた。けい子が年配の作家である大木を京都駅まで送っていく場面だ。「けい子はゆうべとおなじ着物を着てゐた。さまざまな姿の千鳥をゑがいて雪片が散らせてあった。青がかった綸子であつた。千鳥に色がつかつてあるけれども、けい子の年にしては地味だし、正月着にしてはさびしかった」（昭和五十五年発行の新潮社の『川端康成全集』第十七巻より引用）。言語として、記号としての衣服。ロラン・バルトが日本にあるさまざまな物を見飽きなかったのも不思議はない。大木の懸念の背後には、神聖な場所が訪ね求められる新年にこそ、若い娘たちは色とりどりの、虹の七色をすべて合わせたような着物を好んで着るはずなのに、という思いが隠されている。そのことと、ホテルで渡され、ヨーロッパでもよく見かける、たいていは白と青の木綿の軽い浴衣には、何の関わりもない。

思い出は一風変わった方法で機能する。ときには、たった一つの事柄に付随して記憶されている。初めて東京で歌舞伎座に行ったとき、脇の入り口の前にドアを閉めた一台の車が停まっていた。それは一人乗りにちょうどいい大きさだった。その光景は記憶を欺き、揺れ動いている。というのも、いつのまにかわたしには、それが駕籠だったのか、二輪車だったのか、わからなくなっているからだ。わたしに思い出せるのは、この一人用の乗り物が「閉まっていた」ということだ。それはほとんど衣服のように、乗り手の体を包んだに違いない。それほど幅が狭かった。この乗り物は男たちによって徒歩で引かれたか、担がれたに違いない。そして、古き時代の、お忍び旅行の幻影を浮かび上がらせたのだろう。そんな乗り物が現代の東京で走り回っていることは、ほとんど想像できなかった。それはすでに、想像の世界に属する物だった。後になって、清少納言を読んでいると、さまざまな箇所で、そうした乗り物での移動について書かれていた。たとえば森の道に沿って進んでいくとき、小枝が駕籠のなかに入ってきたりする。その小枝をつかもうとしても、ほとんどうまくいかない。しかし、その小枝の香りが、短い時間ではあるが駕籠のなかに残るのである。あるいは、通行人としてそのような駕籠が通り過ぎるのを見るとき、誰が乗っているのか窓の向こうの幽霊ほどにも見分けのつかないような場合であっても、ごくたまに、なかにいる見知らぬ人の香《こう》の匂いが漂ってくることがある、というのだ。いま、わたしはまた歌舞伎座へ行き、まずあの小さな車を探す。しかし、それはもはやそこにはない。ひょっとしたらいまや最終的に滅んでしまったのかもしれない。最後の女官が、最後にその車で運ばれていったのかもしれない。

わたしは世界に先駆けている。今日、わたしは舞台を前からではなく、後ろから見ることになっている。見られるものと在るものとの、珍しい交換である。わたしは歌舞伎役者の中村又蔵と約束をしている。彼は午後の演目「桜姫東文章」で小さな役しか演じない。残りの時間は、楽屋で何人かの女の子たちとある作品の稽古をすることになっていた。彼女たちはそれを、学校で演じるのである。わたしはその稽古を見てもいいことになっていた。しかしまず、わたしは午後の演目の序幕と一幕目をホールで見るだろう。それから彼がわたしを迎えに来て、一緒に隣のコーヒーショップに行くことになっていた。この作品は鶴屋南北によって書かれ、一八一七年に初演された。それは、演劇に当時の日本社会の一部を特徴づけていたデカダンスが反映された時代である。グロテスクな形、パロディー（パロディーの流行は、マニエリスムそれ自体を表現形式として解釈したいのだとしても、一つの時代が自ら主張することを持たない証左でもある）、風変わりなエロス、センセーション。この作品の根底にあるのは、一人の僧とその弟子との同性愛である。二人は心中の約束をする（三島とその友人のように）。しかし、心中は失敗する。僧である清玄が、最後の瞬間に弱気になってしまうからだ。そのことはすべて序幕で語られる。少年白菊丸は美少年で、仏道の誓いゆえに女たちと関わりを持つことを許されない僧たちの身の回りの世話をするために、大きな寺の敷地内で暮らす稚児の一人である。この少年への愛が、清玄に困難をもたらすのだ。二人は一緒に岩から水中に身を投げることに決める。少年は、来世は清玄と結婚できるように、女として生まれ変わりたいと願う。少年が飛び込む瞬間は、ぞっとするような場面だ。そうした場面は、日本では役者と演出家、照明担当者に安んじて任されている。骨の髄から揺さぶるような叫び声、底知れぬ海に消えていく身体、恐ろしい光がその場所を照らし続け、僧を尻込みさせる。僧はしまいに完全な裏切り者となって、海に背を向ける。死んだ少年の魂が、白いアオサギとなって飛翔する。そして水色の「浅黄幕」が落とされ、一人の役者が、見ているあいだに十七年が過ぎたのだと説明する。ここから初めて、本来の作品が始まるのである。陰謀、罪と悪行、罰と復讐の迷宮だ。ストーリーを語ろうとするだけで、丸々一冊の本になってしまうだろう。わたしは声や動きや衣装を堪能する。歪んだ、儀式化された音、ポーズ、動き。内容はもはや重要ではなくなってしまう。まったく別の世界への没入。劇場、それは人を現実から切り離す。

その後でコーヒーショップに座るのは、間の抜けたことだ。それに引き続いて、すきま風の通る狭い楽屋で六人のティーンエイジャーを前にお辞儀をするのは、もっと奇妙なことだった。わたしは片隅にあぐらをかき、なるべく目立たないようにした。そこでわたしが目にしたのは——文字通りの名人芸だった。テープレコーダーが回され、役者の声が台本を、高いところから低いところまで声を変化させ、上がったり下がったりする声色の陰影をつけつつ、鋭く、裏声で、つかえたり爆発したりしながら詠んでいった。わたしはもうその楽屋の隅には存在していなかった。わたしはその女の子たちの動きを見つめていた。彼女たちは十四歳のぎこちない肉体で、あるいはジーンズをはき、あるいはスコットランド人のようなスカートの下からのぞくずんぐりした足で、先生の動きを真似ようとしていた。後ろの壁際には、ウォークマンの入った彼女たちのバッグが並べてあった。中村又蔵はバリの踊り子のように頭の位置を保っている。自分たちはけっして頭をこのポジションに持ってこられないだろうということが、彼女たちにはわかっている。しかし、それをやってみようと試みるだけで、彼女たちはすでに現実の頭からは遠ざかっている。頭は彼女たちの体の上に斜めに乗っかって、何かを表現しようとする物体になっている。先生は一人の女の子を前に出させて叫んだ。女の子は恥ずかしがるが、その叫び声を自分の子どもっぽい声で真似しなければならない。彼女の高度に発達した器官は、先生と同じく、憤慨し怒鳴り散らすような興奮状態を再現しようとする。先生は非常に小さな、不自然な歩幅、幻影の歩き方で、彼女の前を摺り足で進んでみせる。彼女はできるかぎり上手にその後についていく。白い足袋をはいた彼の足が、何世紀も前から決められたポーズで畳の上に浮かんでいる。静かだ。何もかも死んだように静かだ。そしてわたしたちはみな、一時的な石化に耐えられずに、彼女の足が震え、動くのを見る。

稽古は一時間後に終わった。現実とは思えない世界から、わたしはまた別の世界へと転がり込む。中村又蔵が合図をし、通路を通り、階段を昇ったり降りたりする。わたしは彼についていく。演目の音が次第に大きくなり、あの僧侶の声が聞こえてくる。わたしが歩いているのは十七年後の世界だ。爪先立ちになって、書き割りのそばを、舞台で起こっていることにちらりと目をやりながら。広い舞台に人の姿が見える。見栄を切っているところにスポットが当たっている。その向こうの目に見えないところに、怪物が、ホールの客たちがいる。言語の異質性がそこに加わる。わたしはこれまでに一度も、このように多層に目に映るもののなかを歩いたことはなかった。いま、わたしたちは大きな楽屋にいる。役者たちはここで何者かに姿を変えていく。僧服のように見える白い襦袢、司祭がミサを上げる前に聖具室で着ていたアルバ、でもそれは別の宗教だ。

又蔵は男役の専門だ。すべての歌舞伎役者がそうであるように、又蔵も自分で化粧をする。その化粧は「隈取り」と呼ばれる。「光と影を付け加える」という意味だ。その化粧は英雄と悪役、武士と強盗たちに特有のものだ。まず太い赤と黒の線を引くことから始める。これが感情を表すのだ。ヨーロッパの劇場で見られる自然主義的な、「人の目を欺く本物らしさ」など、ここでは問題ではない。線は輪郭、つまり顔の筋肉をたどっている。どの色にも固有の意味がある。赤は裏切られた人間の憤激を表し、青は悪霊や超自然的な存在を表している。わたしは自分の目の前で行われている変身に、ほとんどついていくことができない。そのことで不安になってしまう。ここで行われているのは完全な変容であり、誰か別の人物が生成されているのだ。彼はまず「羽二重」を頭にかぶる。蠟を染みこませた四角い絹の布だ。眉毛にも蠟が引かれ、顔にはオイルが塗られる。その上におしろいをつける。彼の顔は白い仮面に変わる。チョークのような色、幽霊のようだ。目の下に黒い線を引く。さらに、額から眉毛を越えて目尻まで、曲線を引く。濃い青と黒で、口に至る線を引く。いや、まるで別人だ。わたしをコーヒーショップに連れていった男性、着物を着て女の子たちに授業をしていた男性、あれは別人だったのだ。幅の広い、祝祭的な衣装を身につけた目の前の存在が、楽屋から出、まだカツラの支度をしたり、顔を描いたりしている人たちと冗談を言い合うのをわたしは見ている。彼らはそれまでの自分を床の上に脱ぎ捨てていく。そして、彼が楽屋の壁に掛かっているテレビの、ざらざらした灰色の画像のなかにいるのが見える。いまこそ、あらゆるつながりが断ち切られてしまった。もうどの道も、彼のいる場所には通じていない。別の役者が、どうやったら劇場内の座席に戻れるかを教えてくれた。芝居の筋を、わたしはもうとっくに見失っていた。しかし、わたし自身の生も、すっかり引っ搔き回されていた。大勢の人たちに混じって劇場を後にしたときには、もう夜になっていた。わたしは目的もなく幅広い歩道を歩いていった。歩行者としての仮面を身につけて。まず自分自身の生に馴染まなければいけない、どこかの誰かとして。

一九八六年十二月／一九八七年一月

訳者あとがき

1

セース・ノーテボームは、一九三三年、デン・ハーグ生まれのオランダの作家である。ノーベル賞候補として毎年名前が挙げられるほどヨーロッパでは有名な作家なのだが、残念ながら日本では『これから話す物語』の翻訳があるきりで、あまり知られていない。ノーテボームが何度も日本に旅行していること、日本を題材にした小説やエッセイまで書いていることも知られておらず、残念に思ってきた。今回、ドイツ語からの重訳ではあるが、日本関連のテクストをいくつか訳す機会を与えられ、大変嬉しい。

ノーテボームは旅する作家である。紀行文の名手といっていい。旅行した場所を舞台に、数々の小説も書いている。空襲で父親を亡くし、母親の再婚相手の影響でカトリックの修道院学校で教育を受けたノーテボームは、大学には行かずに銀行で働き始めたが、その後フリーターとなり、二十歳のころからヒッチハイクや自転車を使ってヨーロッパ各地を旅行するようになった。一九五五年に発表した最初の小説『フィリップとよその人々』も、旅行体験から生まれた作品である。この小説の成功によってアンネ・フランク賞を受賞し、作家としての地位を確立した。ジャーナリストとしても活動し、一九五六年のハンガリー動乱や、一九六八年のパリの学生運動、さらには一九七〇年代末のイラン革命、一九八九年の東ドイツの崩壊などについてもルポルタージュを書いている。日本へは、一九七七年に初来日したらしい。東京で滞在したホテルの名前ははっきりとは出てこないが、帝国ホテルあたりだったのではないかと思われる。今回訳出はしていないが「天皇誕生日、物のパトスとその他の日本体験」と題したエッセイには、窓の下に線路と広い道路が見えるホテルに泊まったという記述がある。五本の電車が同時に走っているのが見えたという。電車で出かけるときには有楽町駅を使っていたようで、銀座に行ったり、歌舞伎座に行ったり、国会議事堂を見学したり、天皇誕生日に皇居に参賀する人々の列に加わったことが書かれている。特に天皇誕生日の思い出は、「木犀！」のなかで主人公が友人と皇居に行く場面に反映されている。

2

今回ここに訳出した四本のエッセイは、ドイツのズーアカンプ社から出ている『春は露　東方への旅行』(Im Frühling der Tau Östliche Reisen) に収められたもののうちから選んだ。ちなみに『春は露』というタイトルはオランダ語からドイツ語にこの本を翻訳したヘルガ・ファン・ボイニンゲンの改変によるもので、ノーテボームの原題は『春はあけぼの』、つまり「枕草子」の冒頭から採られている。この本には一九七五年のイランへの旅行から始まって、ビルマ(ミャンマー)、マレーシア、ボルネオ、タイ、マカオへの旅行記が収められている。収められたエッセイの執筆時期は一九七五年から一九九二年にわたっており、この間、ノーテボームがアジアに強い関心を抱いていたこと、特に日本に対して継続的に興味を持っていたことがうかがえる。この本に収められている十五本のエッセイのうち、六本が日本に関わるもので、しかも日本の旅行記だけが三部に分かれて他のエッセイのあいだに挟み込まれている。

アプローチの仕方は国によって違っている。取材のための旅行（イラン）、ジャーナリストとしての半ば公式訪問の形での旅行（ビルマ）、個人旅行。特に日本旅行に関しては、文化や歴史について綿密に下準備のうえ臨んだことがうかがえる。

3

ノーテボームの旅の特徴は、それが空間的な移動というだけではなく、時間旅行《タイムトリップ》としての様相を帯びることだろう。「いま」「ここ」に立つ旅人の視点からその土地の風景が語られるだけではなく、その土地の美術や文学、建築物などをきっかけに歴史を過去に遡り、想像力を駆使した重厚な空間をそこに創り上げていく。ノーテボームにしか見えない風景、彼でなければ見いだせない物語があることに、読者は気づかされるだろう。

自分が抱いていた日本のイメージについて語り始めるとき、ノーテボームは一枚の写真を引き合いに出す。「木犀！」でも言及されているが、第二次世界大戦中に撮られたと思われる写真で、目隠しをされたオーストラリア兵の背後で日本兵が剣を振りかざしている、というものだ。数秒後にはこのオーストラリア兵が斬首されてしまうことがうかがえる、そのような残忍で衝撃的な写真が長いことノーテボームの脳裏で「日本」という言葉と結びついていた。その後、彼はもちろんさまざまな違った面からも日本のことを知るようになる。谷崎潤一郎や川端康成、大江健三郎や三島由紀夫の小説を読み、北斎や広重の絵に触れ、日本史の知識を仕入れ、高度成長期の日本の、たとえば満員電車などの映像にも触れることになる。「わたしがしようとしているのは、旅行とはいえないようなことだ。何かを発見しようとするのではなく、試し、調査し、反論したり確認したりしようとしている。イメージや想像を『現実』の秤にかける。わたしが最終的にするつもりなのは、日本が存在しているのかどうか確かめることなのだ。あたかも映画館にいる観客がスクリーンのなかに入り込んで、主人公と一緒にテーブルにつこうとするようなことだ」（「天皇誕生日、物のパトスとその他の日本体験」より）

そのような決意で日本にやってきたノーテボームは、過密都市東京の生活の慌ただしさを目の当たりにし、日本人の礼儀正しさや丁寧さに感銘を受け、英語が通じないことに苛立ち、「外人」としての自分がまるで透明人間のように扱われることに疎外感を覚える。また、ヨーロッパの知識人として、イタリアやギリシャ、イランあたりまでなら自分のなかに蓄積された文化史的知識によって足がかりを見出すことができるが、日本という国は自分の生きてきた世界とはあまりにも隔絶しているように感じて、愕然とする。考えてみればノーテボームの祖国オランダは江戸時代に日本が通商関係にあった数少ない国の一つであり、日蘭交流史はけっして浅い歴史ではないはずだが、一九七〇年代の東京にやってきたノーテボームは、その時点における日本とオランダ（およびヨーロッパ）とのつながりの乏しさに狼狽しているように見える。かといって、「古きよき日本」、伝統文化に彩られた美しい日本が保持されているかといえばそうでもなく、都会はごみごみとしているし、とにかく無秩序である。そんな「日本」をどうとらえるべきなのか。まさしくスクリーンに飛び込んだ観客のごとく、彼は手探りしながら、あちこち訪問する。

そんななか、ノーテボームの心を捉えるのは、物の細部に宿る美である。お茶を淹れる女性のちょっとした仕草。日本の食べ物の、見た目の細やかさ。殺伐とした都会の風景も気にならないほど、そうした細部の美が彼を引きつけていく。「そのような小さな芸術作品を食べることは、基本的に美との対話になるわけだ。同様のことが、デパートで買い物をした際の包装の美しさや、優雅なうなずき方、エスカレーターの下でささやかれる挨拶の言葉などにも当てはまる」（「天皇誕生日、物のパトスとその他の日本体験」より）

ノーテボームの日本旅行記を読んでいると、自分がティーンエイジャーだったころの都会の風景を思い出して郷愁にかられる部分もある。エレベーターのなかで日がな一日到着階の案内をしていたエレベーターガールと呼ばれる人たちには、いまではもう出会うことはないし、エスカレーターの降り口でひたすらお辞儀する店員もいまはいないだろう。現在の東京なら、三十年前よりは英語が通じるのではないかと思うし、日本人の生活様式もすっかり欧米化してきて、畳に正座することは少なくなり、入浴のしかたなども変わってシャワーだけで済ます人も多くなっている。ノーテボームの目を通して日本を見てみると、その後三十年の日常の変化にも自ずと意識が向いてくるのである。

日本についてのノーテボームの教養は、並々ならぬものである。『枕草子』を引用し、妻籠の風景を見て長谷川等伯の絵を思い浮かべる。鶴屋南北や井原西鶴を知っており、日本文学の紹介者として、アーサー・ウェイリーやサイデンステッカーの名前をすらすらと挙げることができる。現代ならば村上春樹が圧倒的に有名だろうが、ノーテボームが親しんでいるのはそれ以前の日本文学である。「ドラゴンボール」などのコミックや「ハローキティ」などのキャラクターによって流布するようになったクール・ジャパンのイメージ以前の、不可解で神秘的で他者を寄せつけないサムライの国、と思われていた時代の日本に、ノーテボームは独自の魅力を見出し、日本語を話せないこと、読めないことを心から残念がっている。

4

日本女性とのロマンスを描いた短編「木犀!」は、一九八二年に発表されている。主人公のアーノルトは初めて日本に来て、ステレオタイプでない日本を発見しようとするが、写真のモデルとして富士山の見える土地に同行した女性との強烈な恋愛体験から、その後五年間日本に通い続ける。彼女と結婚したいと願うアーノルトに対し、「木犀」というあだ名で呼ばれるその女性は、セックスには応じるものの、結婚相手として受け入れようとはしない。両親のためにも、外国人と結婚するわけにはいかない、と彼女は考えており、日本人との縁談が決まった時点で彼に別れを告げる。ノーテボームが実際にそのような個人的体験をしたのかどうかは定かではないが、日本という国やその文化に大きな関心を抱きつつも、けっしてそのなかに入っていけないという思いはエッセイのなかでも随所に現れており、「木犀」という女性は彼にとっていわば日本そのものを体現する存在なのではないかと思わされる。欧米の男性が日本の女性と関係を持つ、という物語にはたとえば「マダム・バタフライ」などがあるが（そういえばシーボルトにも日本人妻がいた）、現地妻としていいようにあしらわれた「お蝶さん」に比べると、この小説のアーノルトは少なくとも真剣に「木犀」との関係を築こうとしているように見える。しかし、言葉の壁は厚く（「木犀」は拙い英語しか話さないし、アーノルトはまったく日本語ができない）、二人がお互いの気持ちをどれほど理解できているかは不明である。むしろアーノルトは、彼女の性的な奔放さと、言葉が通じないからこそ神秘的に見えるその振る舞いに引きつけられているだけのようにも見える。うまくいくはずのない関係に、五年間ものめり込んでしまった。そんな男の妄執が、切々と綴られている小説、ともいえる。

この小説のなかで重要な地名として出てくる「鵜飼鳥山」については、高尾山の近くに「うかい鳥山」という料亭があり、四季折々の趣向を凝らした広大な敷地のなかに建物が偏在していることなど、この小説のなかで二人が泊まることになる旅館の描写とかなり似ている点がある。ノーテボームが旅行のなかで「うかい鳥山」を訪れたのかもしれず、記憶に残った店名を架空の地名として用いている可能性がある。小説なのでフィクションの要素もあると思い、翻訳に際しては「鵜飼鳥山」の漢字を当てさせていただいた。

5

二十代の前半から作家生活を始めたノーテボームのキャリアはすでに五十年以上にな

る。著書は四十冊以上に上り、小説やエッセイだけではなく、詩集も十四冊、戯曲が一冊、さらに英語やドイツ語、フランス語、スペイン語からの翻訳も行っているなど、活動は非常に幅広い。作品に対する受賞歴も数多く、オランダ国内だけではなく、ドイツ、フランス、オーストリア、スペインなどの文学賞を受賞している。テクストはオランダでは教科書にも採り上げられている。彼が出版した旅行記は、本のタイトルや副題を見るだけでも、チュニジア（およびアフリカ全般）、バヒア、ボリヴィア、イスファハン、サンチャゴ、ベルリン、アメリカなどの地名が上がっており、オーストラリアも小説の舞台になっている。彼は現在、オランダとスペインに住居を持っており、スペインは特に関わりの深い国であるらしい。行った先々で女性に惚れる、というのはノーテボーム（もしくは彼の描く主人公）には比較的多いパターンのようだ。相当のロマンチスト、悪くいえば妄想癖のある作家なのかもしれないが、この「執着」があるからこそ、旅先の土地や事物を深く観察し、それを自らの内に取り込もうと試みるのだろう。旅行には「第二の到着」の瞬間がある、とノーテボームは語っている。物理的な到着（第一の到着）の後で、ほんとうにその土地と自分が触れ合った、関わった、という手応えを感じる瞬間。彼の旅行記はそうした瞬間をダイナミックにとらえており、生き生きとした説得力とともに読む人に迫ってくる。

二〇〇九年は日本における「オランダ年」で、もしかしたらノーテボームが来日するかもしれないという話があった。もし来日がかなったらぜひお会いしたいと思っていたのだが、その機会がなかったのが残念である。ノーテボームは今年喜寿を迎えるが、ぜひ長生きして、これからも書き続けてほしいと思わずにはいられない。また、ノーテボームの代表的な小説『儀式』をこの本に続いて翻訳する予定である。自分の美学にこだわり、世間とは隔絶した場所で、静かに滅んでいく男たちの物語。実に美しく、巧緻を極めた作品だと思う。その第三部では日本の楽焼の茶碗が重要な役割を演じているが、その茶碗については、ノーテボームも本書の一〇九―一一〇ページで言及している。

訳出にあたっては、論創社の高橋宏幸さんに大変お世話になった。五月雨式にお送りする訳稿を忍耐強く待ってサポートしてくださったことに、お礼申し上げます。

二〇一〇年四月

松永美穂

【著者紹介】

Cees Nooteboom〔セース・ノーテボーム〕

1933年オランダのデン・ハーグ生まれ。1955年に作家デビュー、以来50年以上にわたって作家・ジャーナリスト・翻訳家として活躍している。ドイツのゲーテ賞や、オーストリアのヨーロッパ文学賞など、ヨーロッパ各地の文学賞を受賞。作品の邦訳には『これから話す物語』（新潮社、鴻巣由季子訳）がある。

【訳者紹介】

松永 美穂〔まつなが・みほ〕

早稲田大学文学学術院教授。翻訳にベルンハルト・シュリンク『朗読者』（新潮社）、ユーディット・ヘルマン『幽霊コレクター』（河出書房新社）、マーレーネ・シュトレールヴィッツ『ワイキキ・ビーチ』（論創社）など。毎日出版文化賞特別賞受賞（2000年）。

木犀！／日本紀行

2010年8月10日　初版第1刷印刷
2010年8月20日　初版第1刷発行

著者　セース・ノーテボーム
訳者　松永美穂
装丁　奥定泰之
発行者　森下紀夫
発行所　論 創 社

〒101-0051 東京都千代田区神田神保町2-23　北井ビル
tel. 03 (3264) 5254　fax. 03 (3264) 5232
振替口座 00160-1-155266　http://www.ronso.co.jp/

印刷・製本　中央精版印刷

ISBN978-4-8460-1047-8　©2010 Printed in Japan